Lew und Swetlana haben ein Leben gelebt, das im Nachhinein unmöglich erscheint. Eine Revolution, zwei Terrorregime – danach eine lange, erfüllte Beziehung. Ein junger Historiker aus Deutschland, Alexander List, sucht den bereits betagten Lew Mischenko in Moskau auf. Er will ihn interviewen und mehr über Menschen erfahren, die den Gulag überlebt haben, und über ihre Lieben, ihre Freundschaften, aber auch ihre Traumata. Der Roman »Wir verstehen nicht, was geschieht« folgt den Lebensspuren mehrerer realer Personen, im Zentrum steht der Physiker Lew Mischenko. Während seiner Haftzeit im Gulag schrieben er und seine Frau Swetlana einander Briefe. Diese will Lew dem Historiker Alexander überlassen – unter der Bedingung, dass er mit ihm nach Petschora reist, hoch oben im russischen Norden, wo Lew neun Jahre im Lager verbrachte und wo ein Freund, Jakow Israelitsch, auf ihn wartet.

Viktor Funk, geboren 1978 in der Sowjetunion (Kasachstan), kam als Elfjähriger 1990 nach Deutschland. Er ging in Wolfsburg zur Schule, studierte später in Hannover Geschichte, Politik und Soziologie. Seine Magisterarbeit in Geschichte beschäftigte sich mit dem Vergleich mündlicher und schriftlicher Erinnerungen von Gulag-Überlebenden. Viktor Funk arbeitet als Politikredakteur mit dem Schwerpunkt Russland bei der Frankfurter Rundschau. Sein erster Roman »Mein Leben in Deutschland begann mit einem Stück Bienenstich« erschien 2017. Er lebt in Frankfurt am Main.

Viktor Funk

Wir verstehen nicht, was geschieht

Roman

VERBRECHER VERLAG

Erste Auflage
Verbrecher Verlag Berlin 2022
www.verbrecherei.de

Fotografie S. 157: © Viktor Funk
Lektorat: Alyssa Fenner und Doris Engelke
Satz: Christian Walter
Druck: CPI Clausen & Bosse, Leck

ISBN 978-3-95732-536-5

Printed in Germany

Der Verlag dankt Lena Beyer,
Marlene Münßinger, Johanna Seyfried,
Lukas Siebeneicker und Leni Teetz.

Du bist das Wesentliche,
ohne das alles Übrige,
so wichtig es mir erscheinen mag,
solange Du da bist, seinen Sinn
und seine Bedeutung verliert.

André Gorz, Brief an D.

»Kommen Sie unbedingt noch einmal, Sie müssen jemanden kennenlernen«, hatte Aljona Gustowa gesagt.

Nun wusste Alexander List, warum und warum so schnell er hatte aufbrechen müssen. Die Wissenschaftlerin von Memorial hatte recht behalten.

TAG 1

Am Montag, den 3. November, war Alexander nach Moskau geflogen. Er checkte in einem Hotel an der Metro-Station Park Kultury ein und fuhr am Nachmittag zu Lew Mischenko. Von der Station Prospekt Wernadskogo ging er im Regen die Straße entlang zu einem Hochhaus und wählte an der Sprechanlage die Nummer der Wohnung. Noch aus Deutschland hatte er Kontakt zu Lew Mischenko aufgenommen und ihn vor gut einer Stunde aus dem Hotel angerufen.

»Neunter Stock«, hörte er eine Männerstimme, die Tür sprang auf.

Im Fahrstuhl roch es nach schwerem Parfüm. Als die Fahrstuhltür sich öffnete, empfing ihn der Geruch gebratenen Fleisches. Fünf Wohnungen befanden sich auf der Etage, keine Namen an den Klingeln. Als er an einer Tür das Drehen des Schlosses hörte, trat er heran und wich gleich wieder zurück, weil ein Hund bellte. Seit er als Kind gebissen worden war, raste bei jedem Bellen sein Herz.

»Primus, aus«, sagte der Mann an der Tür. »Guten Abend, Sie müssen Alexander sein. Kommen Sie herein. Und du, Primus, hör auf, fort mit dir.«

Lew Mischenko war eineinhalb Köpfe kleiner als Alexander List und kahl. Seine Hand versank in Alexanders Hand, sein Hemd bauschte sich bei jeder Bewegung und verriet, dass der Körper darunter schmächtig war.

Alexander zog die Schuhe aus, betrat die Wohnung und wunderte sich einmal mehr, wie wenig er von diesem Land und seinen Menschen wusste. Alle Begegnungen mit ehemaligen Gulag-Häftlingen waren voller Überraschungen. Keine seiner Erwartungen hatte bisher zugetroffen.

Katja Iwanowa zum Beispiel. Sie lebte in einem Hochhaus im Norden Moskaus, an einem Birkenpark. Das Haus aus den letzten Tagen der Sowjetunion sah aus wie eine riesige Schachtel mit quadratischen Fenstern, gleich großen Wohnungen, gebaut für Menschen, die gleich erzogen worden waren, gleich viel verdienten und in denselben Geschäften einkauften. Und dann Iwanowa. Hinter ihrer Wohnungstür fand Alexander sich in einer Galerie wieder. Unzählige Bilder bedeckten alle Wände. Sie verwandelten die Wohnung in eine eigene Welt, gaben ihrer Bewohnerin nicht nur Individualität, sondern auch Freiheit, wie sie sie draußen, in diesem unermesslich weiten Land, ihr Leben lang nicht fand.

Beim ersten Treffen war Iwanowa wortkarg, hatte nur Tee und Kekse auf den Tisch gestellt. Beim zweiten Treffen war der Tisch so voll, dass Alexander keinen Platz für sein Diktiergerät fand. Es war an einem Augusttag gewesen, die Fenster standen offen, die Birken rauschten, Iwanowa erzählte so hastig, dass Alexander kaum Fragen stellen konnte. Und sie fluchte: »Ich habe für die *Swolotschi* gemalt«, sagte sie. »Das hat mich gerettet.« Er musste *Swolotschi* im Wörterbuch nachschlagen: Dreckshunde.

Oder Konstantin Mironow, der in einer der letzten Gemeinschaftswohnungen, einer *Kommunalka*, in St. Petersburg lebte. In seinem Zimmer gab es nur zwei Hocker, ein Bett, einen kleinen Tisch und ein Bücherregal mit Klassikern, die eine Staubschicht bedeckte. Keine Bilder an den Wänden, kein Schrank. Wo Mironow seine Kleider aufbewahrte und die Dokumente, die bereits auf dem Tisch lagen, als Alexander zum Interview kam, das blieb sein Geheimnis. Und auf die Frage, ob er denn nichts weiter besäße, antwortete der Mann nur: »Wozu?«

»Sehr angenehm, Sie kennenzulernen«, sagte Lew Mischenko. »Trinken Sie Tee mit mir? Ich mache welchen.« Auf dem Gasherd stand ein Teekessel, Mischenko zündete die Gasflamme an. Dann öffnete er die Tür zum Balkon, der von der Küche abging. »Geh raus, Primus, geh mein Guter.«

Der Hund tapste an Alexander vorbei, hob die Nase und schnupperte. Seine Augen waren trüb, er stieß mit einer Vorderpfote an der Balkonleiste und trat hinaus.

»Er ist über sechzehn«, sagte Mischenko, »er schafft es nicht mehr runter. Und ich schaffe es manchmal auch nicht.«

Sie setzten sich an den Küchentisch. Der Tee in den Tassen dampfte. Lew Mischenko schnitt mit einem kleinen Messer Wurst und Käse ab, dann nahm er aus einer Schublade ein langes Brotmesser. »Das ist neunzig Jahre alt«, sagte er, »man darf es nicht abwaschen, sonst rostet es.« Er stellte die Teller mit dem Aufschnitt auf den Tisch und setzte sich.

»Entschuldigen Sie die Einfachheit. Swetlana ist vor Kurzem gestorben. Was ich für mich koche, das wollte ich Ihnen nicht zumuten.«

»Alles gut, ich bin ja nicht wegen des Essens hier«, sagte Alexander und ärgerte sich sofort über seine Worte.

»Nein, nein«, antwortete Mischenko, »nicht wegen des Essens, aber wenn Sie ihre *Wareniki* gekostet hätten, dann würden Sie uns auch wegen des Essens besuchen.« Er lächelte. »Sie hat die Zwiebeln für die Kartoffelfüllung ganz langsam schmoren lassen, die Zwiebeln lösten sich in der Butter fast auf, dann hat sie die in die Kartoffeln gegossen und sie gestampft.«

»Es tut mir leid, dass Ihre Frau verstorben ist.«

Aus den Gesprächen mit Aljona wusste Alexander nur sehr wenig über Lew Mischenko. Er trank den Tee und sah, dass Primus mit der Nase gegen die Balkontür stieß. Alexander öffnete die Glastür, der Hund tapste herein. Sein Fell glänzte vor Feuchtigkeit, er roch. Lew trocknete ihn ab, dann legte der Hund sich neben den Tisch, die Schnauze dem Gast zugewandt.

»Swetlana war eine außergewöhnliche Frau«, begann Lew. Er deutete zur Wand, wo drei Bilder hingen. Ein Schwarzweißes zeigte ihn und eine Frau, auf einem zweiten, das in der Sonne seine Farben verloren hatte, waren Lew, Swetlana und zwei Jugendliche zu sehen. Und auf dem dritten Bild, dessen Farben noch frisch wirkten, war eine junge Frau abgebildet.

»Wir haben uns fast 70 Jahre gekannt«, sagte Lew und nahm das schwarzweiße Bild in die Hand. »Sie fehlt mir sehr, meine Sweta. Aber ich bin auch glücklich. 70 Jahre! Das erscheint mir manchmal wie ein Geschenk, das mir immer und immer wieder gegeben wurde. Wer hätte gedacht, dass alles so kommt?«

Im Oktober 1941 war Lew am Rande Moskaus in die Hände der Nazis geraten. Er überlebte vier Jahre Nazi-Lager, wurde 1945 zu zehn Jahren Zwangsarbeit im eigenen Land verurteilt und nach Petschora verschoben, hoch oben im Norden. Nach Stalins Logik hätte er bis zum Tod kämpfen und sich – als junger, unerfahrener und schlecht bewaffneter Verteidiger Moskaus – nicht gefangen nehmen lassen dürfen.

Lew hat auch Petschora überlebt. Nicht zuletzt vielleicht dank der Briefe, die er und seine Frau Swetlana sich zwischen 1946 und seiner vorzeitigen Befreiung 1954 geschrieben haben.

»Er hat einen Koffer voller Briefe aus der Haftzeit«, hatte Aljona gesagt. »Die meisten sind unzensiert. So etwas finden Sie nicht noch einmal.«

»Lew Glebowitsch«, sprach Alexander ihn mit Vor- und Vatersnamen an, »ich würde Sie gerne in den nächsten Tagen interviewen und unsere Gespräche aufzeichnen. Wäre es in Ordnung, wenn ich morgen schon um zehn Uhr komme? Ich kaufe ein und kann für uns kochen.«

Lew stand auf, ging aus der Küche und kam mit einem Notizbuch wieder. Die Farbe des Einbandes war verblichen, nur auf der Rückseite waren die Ecken noch bläulich.

»Das ist mehr als zwanzig Jahre alt. Ich habe hier vieles notiert, das Sie interessieren könnte. Das können Sie haben. Und bitte nennen Sie mich Lew, Alexander.«

Alexander nickte, während Lew ergänzte: »Zehn Uhr ist nicht so gut.« Er machte eine kurze Pause. »Ich möchte Sie um etwas bitten, natürlich nur, wenn es Ihnen keine Umstände macht.«

»Ich bin nur Ihretwegen hier«, sagte Alexander.

»Ich möchte verreisen, aber ich brauche Hilfe. Ich bitte Sie, mich zu begleiten.«

»Wohin wollen Sie?«

»Nach Petschora. Der Zug fährt morgen um 21.50 Uhr vom Jaroslawler Bahnhof ab. Wir werden keine Schwierigkeiten haben, Fahrscheine zu bekommen. Wer fährt schon im Winter dahin?«

Alexander wusste nur ungefähr, wo Petschora liegt.

»Wann wollten Sie zurück nach Deutschland fliegen?«, fragte Lew.

»In eineinhalb Wochen.«

»Dann schaffen wir alles. Sie schaffen alles. Sie brauchen eine warme Jacke und gute Schuhe. Dort liegt bereits viel Schnee. In meinem ersten Winter dort bin ich fast erfroren. Ich kam da ohne Winterkleidung an, hatte nur einen Anzug. Ich kam ja direkt aus Deutschland. Dort war ich nach der Gefangenschaft einige Wochen frei gewesen. Und in Eisleben hat der Bürgermeister ehemaligen sowjetischen Gefangenen Kleidung besorgt. Als ich unsere Soldaten traf, endete meine Freiheit. Sie haben mich verhaftet, lange verhört und dann als Verräter verurteilt. Bei den Verhören dachte ich noch, es wird sich alles aufklären, und ich kann bald nach Moskau. Aber die haben mich reingelegt, als ich die Verhörprotokolle unterschreiben musste und ... Ach, ich verzettel mich, ich erzähle alles später, in Ruhe.«

Lew schnitt ein dickes Stück Butter ab, legte es aufs Brot, eine Scheibe Wurst drauf und biss ab. Alexander hätte am liebsten gleich im Internet nach »Petschora« gesucht, dann hätte er gesehen, dass eine 32-stündige Zugfahrt vor ihnen liegt, fast 1800 Kilometer nach Norden. Er konnte sich nicht vorstellen, mit diesem müde und gebrechlich wirkenden Mann zu reisen. Aber er konnte seinen Wunsch nicht ablehnen. »Hören Sie ihm gut zu«, hatte Aljona gemahnt.

»Wann soll ich Sie morgen abholen?«

»Wenn Sie um sieben abends zu mir kommen, schaffen wir es rechtzeitig zum Bahnhof.«

»Nehmen Sie den Hund mit?«

»Nein. Er ist zu alt. Primus gehört hierher. Ein Nachbar wird sich um ihn kümmern.«

Beim Hinausgehen blieb Alexander im Flur vor einer Bücherwand stehen. Zwischen russischsprachigen Titeln entdeckte er deutsche und französische. Manche Bücher waren alt, sie schienen aus der Zeit vor der Revolution zu stammen.

»Es sind Bücher aus Swetlanas Familie, von ihren Eltern. Als meine Eltern verhaftet wurden, wurde unser Haus durchsucht, die haben alle Bücher mitgenommen.«

»Wann war das?«

»Genau weiß ich es nicht, ich war da noch klein. Ich kann mich nur an Weniges von dem Tag erinnern, schwarze Stiefel zum Beispiel. Ich sitze auf dem Boden, starre auf schwarze Stiefel, jemand hebt mich hoch ... und mehr weiß ich nicht. Es war schon nach der Revolution, 1920 oder 21.«

»Wer hat Ihre Eltern verhaftet?«

»Die Roten. Zuerst erschossen sie meine Mutter, dann meinen Vater. Meine Eltern waren Lehrer. Und was sie lehrten, das passte den neuen Machthabern offensichtlich nicht. Wir lebten damals in Beresow, hinter dem Ural, waren aus Moskau dorthin gezogen, weil die Menschen hier nach der Revolution hungerten, auf dem Land konnten wir uns selbst versorgen. Und wissen Sie, der Tod meiner Eltern vermischt sich in meiner Erinnerung mit Essensgerüchen. Ich sehe einzelne Bilder und rieche Kraut und Pirogen, als wir am 40. Tag nach ihrem Tod ihrer gedacht haben. Meine Tante und meine Großmutter haben mich großgezogen.«

»Es tut mir leid, dass Sie ihre Eltern so früh verloren haben«, sagte Alexander. Er stand noch immer im Flur und wusste nicht, ob er das Gespräch abbrechen oder sein Diktiergerät rausholen sollte.

»Es waren schwierige Zeiten. Aber andere Menschen haben mich ebenso geliebt wie meine Eltern. Meine Tante, Swetlanas Mutter, ich war wie ein Sohn für sie.«

Alexander wollte gerade eine Frage stellen, als Lew einen Hocker heranrückte und sich setzte. »Schreiben Sie mir für alle Fälle Ihre Telefonnummer auf«, bat er.

»Ich bin um sieben morgen Abend bei Ihnen«, sagte Alexander, während er seine Nummer notierte.

Danach stand er im Treppenhaus und wartete auf den Fahrstuhl.

Lew saß noch immer auf dem Hocker, die Tür stand offen, Primus lag auf der Türschwelle, die Augen geschlossen. »Wissen Sie, ich habe in meinem Leben sehr viel Glück gehabt. Mehr als sich ein

Mensch vorstellen kann«, sagte Lew. »Manchmal verstehe ich selbst nicht, was alles passiert ist. Ich hätte so oft sterben können.«

Im Fahrstuhl mischten sich in Alexanders Kopf die Fragen an Lew mit Überlegungen, was er für die Reise noch vorbereiten müsste. Wann genau wurden Lews Eltern erschossen? Warum? Wie hat er die deutsche Gefangenschaft im Krieg überlebt? Und wie die Lagerhaft im Norden? Warum durfte er nach seiner Entlassung in Moskau leben? Dann drängten sich ihm ganz praktische Fragen auf: Wo kriege ich eine warme Jacke her, Schuhe? Wo kommen wir in Petschora unter? Warum müssen wir überhaupt dorthin? Die Briefe sind doch bestimmt hier, in Moskau.

Im Hotel stornierte Alexander seine Reservierung für die übrigen Nächte, prüfte im Internet, wie lange sie unterwegs sein würden und wie das Wetter in Petschora war. Minus 20 Grad, Schneefall. Er schickte eine E-Mail an das Hotel Zentralnaja mit der Bitte, ein Doppelzimmer zu reservieren, und eine E-Mail an das Heimatmuseum von Petschora.

TAG 2

Lew hatte nur einen Rucksack gepackt. Es war still in der Wohnung, als Alexander ihn abholte. Der Hund sei schon beim Nachbarn, erklärte Lew und bat, im Flur zu warten. Dann ging er durch jedes der vier Zimmer. Er murmelte dabei. Als Lew in die Küche ging, hielt er mehrere Briefumschläge in der Hand. Aus der Küche kam er ohne sie.

Seine Wohnung wirkte wie ein Museum und Lew wie ein Museumswärter, der seinen Kontrollgang absolviert, bevor er abschließt. »Zu unserer Wohnung hatten mal 17 Menschen Schlüssel. Sie waren über die ganze Sowjetunion verstreut. Bei uns zu Hause war es nie ruhig. Alle Freunde durften kommen, wann sie wollten, und wenn wir mal nicht da waren, dann konnten sie trotzdem rein«, erzählte Lew. »Das Lager in Petschora hat mir viele Freunde geschenkt.«

»Geschenkt?«, fragte Alexander.

»Oh ja.«

Lew löschte das Licht in der Wohnung.

Im Treppenhaus summte eine Neonröhre. Sie warteten schweigend auf den Fahrstuhl, der im Schacht krächzte. Unten hielt Alexander die Haustür offen, als Lew mit langsameren Schritten nachfolgte. Der Taxifahrer spuckte Sonnenblumenkernschalen auf den nassen Asphalt, er nahm Alexander den Koffer ab und öffnete Lew die Wagentür.

In Moskau war Alexander meistens mit der Metro unterwegs oder zu Fuß. Er konnte sich nicht satt sehen an der Gigantomanie des geplatzten Traumes von einer besseren Welt. Jetzt wechselten seine Blicke von einem Prachtbau zum nächsten, die Straßen waren eine Rennstrecke, und er war froh, nicht selbst fahren zu müssen. Aus den Augenwinkeln sah er, dass auch Lew hinausblickte.

»Die Stadt war mal voller Glockengeläut. Hier im Zentrum gab es keine Gasse ohne eine Kirche. Meine Großmutter schleppte mich zum Beten, so oft sie konnte und solange es noch viele Kirchen gab. Nach der Revolution weinte sie viel zu Hause vor den Ikonen. Und draußen wurde eine Kirche nach der anderen zerstört«, erzählte Lew. »Ich war nie gläubig, aber das Glockenspiel ist mir eine schöne Erinnerung.«

Der Platz vor dem Jaroslawler Bahnhof war frei, sauber und ruhig. Vor wenigen Jahren, als Alexander mit seinen Interviews begonnen hatte, war der Platz voller kleiner Buden und Verkaufszelte gewesen. Händler boten Blumen an, Händlerinnen standen an jeder Ecke und handelten im Winter mit Zitronen und im Sommer mit Melonen. Alexander kam immer abends nach den Interviews hierher oder ging zum Leningrader oder zum Kasaner Bahnhof. Nach Tagen voller Gespräche, schwerer Erinnerungen, Flüche und Tränen, tauchte er hier ein in Geschrei, Autohupen und unverständliches Rauschen. Er aß *Tschebureki* oder Brot aus Steinöfen, trank süßen Tee bei Usbeken und kaufte schwarz gebrannte CDs oder DVDs. Obdachlose wärmten sich auf den Abluftschächten der Metro, Prostituierte warteten auf Kunden, Kinder schnüffelten an Tüten mit Klebstoff und bettelten um ein paar Rubel.

Jetzt war der Vorplatz leer. Das Chaos von damals war riesigen Werbetafeln gewichen, auf denen sich Autos westlicher Konzerne und Losungen vom »großen Russland« abwechselten.

»Ich war schon lange nicht mehr hier«, sagte Lew. »Es ist schön, wie sich die Stadt verändert. Sie ist sauber.«

Sie betraten die Bahnhofshalle, am Schalter fragte eine Frau durch die elektronische Sprechanlage hinter einem Fenster, wohin es gehen solle.

»Petschora, zwei Personen«, sagte Alexander.

»Bitte im Doppelabteil«, ergänzte Lew und holte sein Portemonnaie heraus. Die Frau druckte die Tickets aus.

Sie hatten noch Zeit. In einem kleinen Café bestellten sie Tee.

»Warum interessieren Sie sich für den Gulag?«, fragte Lew.

»Ich interessiere mich für Sie, für Menschen, die ein Lager überlebt haben. Das Lagersystem ist einigermaßen gut erforscht, aber was es aus Menschen macht ...« Er stockte. Er suchte nach den richtigen Worten, die Lew nicht wie ein Versuchskaninchen erscheinen ließen. »Ich will wissen, woher Sie die Kraft nahmen, im Lageralltag nicht zu verzweifeln und danach Wissenschaftler zu werden, woher Sie die Kraft nahmen, danach weiter ...«

»Zu leben?«

»Ja. Und es zu genießen. Auf den Bildern in Ihrer Wohnung lachen Sie. Ihre Frau lacht. Und Sie haben Kinder, es waren doch Ihre auf den Bildern?«

»Serjoscha, Nastja und unsere Enkelin, Marina.« Lew trank seinen Tee. Sein Blick schien in die Ferne zu wandern, und Alexander glaubte, auf seinem Gesicht ein Lächeln zu sehen.

»Wissen Sie, darüber habe ich bisher nicht nachgedacht. Swetlana war die Philosophin von uns beiden. Und jetzt höre ich ihre Stimme. Sie freut sich über Ihre Fragen, sie würde ganz sicher Tee aufsetzen und den Tisch decken, weil solche Fragen immer einen langen Abend versprechen, und Swetlana liebte lange Abende, Gespräche, Debatten und das Philosophieren. Ich höre ihre Stimme, aber ich verstehe die Worte nicht.«

Am Gleis warteten nur wenige Passagiere. Aus kleinen Schornsteinen auf den Waggons stieg Rauch auf. Alexander stand da in neuen Winterschuhen und einer neuen, wattierten Jacke. Lew hatte einen alten Mantel an, der so dünn war, dass seine Schulterblätter zu erkennen waren. Der Mantel war halb zugeknöpft. Der Rucksack stand vor seinen Füßen. Die Waggontür öffnete sich, eine Zugbegleiterin stempelte ihre Tickets ab, sie stiegen ein. Ein Teppich zog sich durch den Flur, es gab zwei Toiletten.

Eine weitere Zugbegleiterin führte sie zu ihrem Abteil. »Ihre Betten sind bereits bezogen. Wir haben eine große Auswahl an Tees, Kaffee, Keksen, Chips und Snacks. Zwei Waggons weiter befindet sich unser Restaurant, es hat von 17 bis 24 und 6 bis 10 Uhr geöffnet. Wenn Sie dort zu Mittag essen wollen, sagen Sie es mir bitte, ich spreche dann mit dem Personal. Ich heiße Maria und freue mich, dass Sie in unserem ›privaten‹ Zug reisen. Mein Abteil ist am Eingang. Sie können mich jederzeit ansprechen, wenn Sie etwas wünschen.«

Lew sagte, so sei er noch nie gereist. »Das letzte Mal bin ich mit Swetlana vor fünf Jahren mit dem Zug nach Prag gefahren. Einen Tag und eine Nacht dauerte das, aber wir hatten nur Sitzplätze.«

Damals hatten sie zum letzten Mal einen Freund besucht, einen Tschechen, den Lew in der deutschen Gefangenschaft kennengelernt hatte.

»Er hat mich bewacht, das war in Leipzig.«

»Sie waren mit Ihrem Bewacher befreundet?«

»Ja«, antwortete Lew, »Sie wundern sich? Ich erzähle gleich davon. Lassen Sie uns erst was essen.« Er holte einen Laib Brot, Wurst, gekochte Eier und eine Thermoskanne aus seinem Rucksack. »Ich wusste nicht, dass es hier ein Restaurant gibt.«

Ein Stoß ging durch den Zug. Die orangen Lichter hinter dem Fenster bewegten sich, erst langsam, dann schneller. In der Ferne leuchteten unzählige Fenster der Hochhäuser. In dieser Stadt lebten acht, zwölf, vierzehn oder noch mehr Millionen Menschen. Seit dem Zusammenbruch der Sowjetunion hatte es keine Volkszählung mehr gegeben. Lew blickte aus dem Fenster, bis keine Häuser mehr zu sehen waren.

Der Zug fuhr in die Nacht hinein. Seine Räder schlugen rhythmisch an den Verbindungen der Schienen an. Lew lehnte sich zurück.

»Sein Name war Eduard, Eduard Hladik. Ich habe ihn in Leipzig kennengelernt. Ich war dort im Werk HASAG als Zwangsarbeiter. Eduard sprach mich an. Zuerst dachte ich, dass er mich anwerben wollte, weil ich Deutsch konnte und die Nazis Übersetzer suchten«, erzählte Lew. »Heute spreche ich natürlich nicht mehr so gut. Aber damals war das anders, Deutsch hatte mich meine Tante gelehrt, die Schwester meiner Mutter. Die Nazis haben mehrfach versucht, mich anzuwerben. Und weil Eduard freundlich war, dachte ich, dass auch er mich überreden will, für die Nazis zu arbeiten.«

Lew aß. Das Diktiergerät stand angeschaltet auf dem kleinen Tisch zwischen ihren Betten.

»Eduard war Tscheche. Er hat mich bei meiner Ankunft im Lager durch die Registrierung geführt und sollte mich dann in die Baracke mit sowjetischen Gefangenen bringen. Dort war es voll, sehr voll. Er führte mich zu einer anderen Baracke. Die war eigentlich für Franzosen bestimmt. Ich habe später bemerkt, dass andere Gefangene lächelten, wenn sie Eduard sahen. Manchen von ihnen steckte er Zigaretten zu. Und er schmuggelte auch deutsche Zeitungen rein, die wir eigentlich nicht lesen durften. Nach einiger Zeit habe ich ihn gefragt, warum er Bewacher geworden war. Er sagte, sein Vater sei Deutscher, und er, Eduard, sei gegen seinen Willen eingezogen worden, als die Tschechoslowakei besetzt worden war. Und dann flüsterte er mir zu: ›Ich hasse Nazis.‹«

Es war kurz vor Mitternacht, noch 30 Stunden bis Petschora. Alexander fühlte sich müde, zugleich spürte er eine Aufregung, die ihn nicht losließ. Er konnte Lews Erzählung nicht richtig folgen, dessen Leben bestand für Alexander bislang aus Puzzlestücken, die er noch nicht zusammenfügen konnte.

Die Menschen erinnerten sich in den Interviews zunächst an einzelne Ereignisse aus ihrer Haft. Tatjana Lasarenko hatte als erstes von den Kriminellen in den Lagern erzählt. Diese seien brutal gewesen, die Lagerleitung habe sie gegen die politischen Gefangenen aufgehetzt, trotzdem hätten sie ihr leidgetan. Sie waren ungebildet und ohne Träume. Lasarenko selbst war 18 Jahre alt, als sie 1951 zusammen mit vier Freunden verhaftet wurde. Sie hatten Karikaturen von Stalin gemalt. Jeder von ihnen bekam 15 Jahre Lager. Lasarenko und zwei andere aus der Gruppe kamen gleich nach Stalins Tod 1953 frei. Der Älteste von ihnen wurde im Lager umgebracht. Ein anderer starb im Lager an einer Krankheit. Doch bevor sie vom Verlust ihrer Jugend und ihrer Freunde erzählen konnte, waren ihr die Kriminellen eingefallen. »Ich kannte solche Leute ja nicht. Die waren interessant. Ich begriff, dass ich diese Welt nie kennengelernt hätte. Ich war fasziniert.«

Konstantin Mironow dagegen hatte erst streng chronologisch aus seiner Jugend erzählt. Er war überzeugter Kommunist gewesen und geblieben. Dass er überhaupt verhaftet worden war, sei ein Fehler gewesen. Ein Nachbar hätte ihn angeschwärzt. Noch während der Untersuchungshaft trennte sich seine Frau von ihm. Als Mironow zu seinen Erinnerungen an das Lager kam, war alle Chronologie dahin. So sehr er nachdachte – er konnte nur einzelne Fragmente wiedergeben: Den Tag, als der Lagerleiter einen Kriminellen erschoss. Und die Kälte, immer wieder hatte er von der Kälte gesprochen, so als hätte er zehn Jahre lang keinen warmen Tag erlebt. Und er sprach von Büchern. »Ich habe nur dank der Bücher überlebt. Ich habe die Leben der Helden in den Geschichten gelebt. Mein eigenes Leben hatte ich verloren.«

Als Alexander ihn interviewte, war er schon nahezu blind. Doch im Gespräch wirkte er, als würde er das, was er erzählt, sehen. Seine

Frau Galja war dabei, saß neben ihm und schwieg die ganze Zeit. »Ich kann nicht alles beschreiben, was ich erlebt habe. So viele Worte gibt es gar nicht«, hatte Mironow zum Schluss gesagt.

Marfa Grusenko hatte zum Interviewtermin den Tisch gedeckt, als erwarte sie eine große Gesellschaft. Dann weinte sie, und weder Alexander noch sie aßen etwas. Sie war noch jung, unverheiratet, als sie verhaftet wurde. Im Lager hatte sie eine Fehlgeburt und verlor danach ihre Gebärmutter. Von wem sie schwanger gewesen war, erzählte sie nicht.

Nach der Haft war sie Kindergärtnerin und bis zum Ende der Sowjetunion sehr beliebt gewesen; ehemalige Schützlinge und deren Eltern besuchten sie oft. 1992 ging sie in Rente, und im Chaos des Umbruchs verschwand sie aus den Erinnerungen der Familien.

Grusenkos Einsamkeit hatte Alexander so sehr erschreckt, dass er die Interviews lange nicht abtippen konnte. Die bedrückende Stimmung, die er in Gesprächen mit ihr gefühlt hatte, holte ihn ein, sobald er ihre Stimme hörte. Er musste das Interview immer wieder zurückspulen und sich auf die Worte dieser Frau konzentrieren.

Alexanders Fragen weckten bei den Überlebenden Erinnerungen. Die Erinnerungen weckten Gefühle. Und gegen diese Gefühle war Alexander machtlos, sie wirbelten die Gespräche durcheinander, die vorbereiteten Fragen verloren ihren Sinn, und Alexander begann zu ahnen, wie der Terror im Körper und im Geist seiner Opfer noch immer wirkte.

Zu allen Befragten hielt Alexander Kontakt, er rief alle paar Monate an und erkundigte sich, wie es ihnen ging. Aber nach und nach erreichte er die Menschen nicht mehr. Eines Tages hob niemand mehr ab. Oder ein Angehöriger ging ans Telefon und berichtete, dass derjenige gestorben war.

Alexej Gusew, der seine Strafe für Sabotage an der sowjetischen

Produktion als Ingenieur im fernen Magadan verbracht hatte – er hatte kritisiert, dass der Mörtel nicht hält –, war genauso wie Katja Iwanowa einsam gestorben. Seine Kinder und Enkelkinder waren erst ins Baltikum und danach nach Frankreich gezogen. In den Interviews schimpfte er auf sie. Sie hätten alles verraten, wofür er gekämpft habe. Er hatte im Lager mit dem Kommunismus gebrochen, aber nicht mit seinen persönlichen Idealen. »Wir haben das alles doch nicht für Moskau aufgebaut, für Stalin, Chruschtschow und wie die alle hießen. Wir haben das für uns gemacht. Wenn du in der Diktatur nichts findest, wofür es sich zu leben lohnt, dann macht dich das System kaputt. Und ich war gerne Ingenieur, ich weiß, was ich kann. Und als die Freiheit kam, die doch alle so sehr wollten, da liefen alle weg. Wie soll hier was Neues entstehen?« Und eines Tages ging auch er nicht mehr ans Telefon. Eine Woche lang rief Alexander mehrmals täglich an. Dann machte er hinter Gusews Namen ein Kreuz und notierte den Monat und das Jahr.

Zwischen Moskau und Petschora lagen 31 Haltestellen. Bahnknoten, Dörfer, kleine und größere Städte. Auf dieser Strecke, hatte Lew erzählt, sei Swetlana zu ihm gefahren. Drei Mal.

Nachdem Lew sich schlafengelegt hat, nahm Alexander das blaue Notizbuch und ging auf den Flur. Er kaufte bei der Zugbegleiterin Tee, setzte sich auf eine kleine, ausklappbare Bank und schlug das Heft auf. Vorne lag ein loses Blatt, darauf Nummern und Wörter. 1: Eltern; 2: Swetlanas Eltern; 3: Tod der Eltern; 4: Studium; 5: Krieg; 6: Flucht und erneute Verhaftung; 7: Flucht und Befreiung; 8: Smersch; 9: Neben der Zelle der zum Tode Verurteilten; 10: Urteil; 11: Transport; 12: Lager; 13: Ende der Haft, Amnestie, Rehabilitation; 14: »Normales Leben«. Nur der letzte Punkt war in Anführungszeichen gesetzt. Lew war jetzt über 80. Das alles soll auf diese wenigen Seiten passen? Alexander blätterte zum letzten Punkt: »Normales Leben«.

»Was bleibt mir noch zu erzählen? Vielleicht nur, wie das normale Leben begann. Nach der Rehabilitierung habe ich einen neuen, sauberen Pass bekommen. Swetlana und ich heirateten in dem Dorf, in dem ich nach der Freilassung eigentlich hätte leben müssen. Dann blieb nur noch die offizielle Registrierung in Moskau. Swetlana musste mich als ihren Ehemann in ihrer Wohnung anmelden. Auf dem Amt prüfte eine junge Frau lange und gründlich meinen Pass. Sie blätterte Seite für Seite durch, besah die Adresse des Ausstellungsortes, sah Swetlana und mich an und fragte, ob Swetlana mich wirklich bei sich registrieren möchte. Die Frau wusste, dass nur ehemalige ›Verbrecher‹ so einen Pass erhielten. Die Rehabilitierung hat uns unsere Rechte wiedergegeben, aber der Staat wollte uns unsere Würde nicht zurückgeben. Ich verstand die junge Frau trotzdem. Sie war vielleicht zwanzig Jahre alt. Wer weiß, wen sie im Krieg verloren und was sie selbst durchlitten hatte? Sie sorgte sich um Swetlana. ›Registrieren Sie ihn bitte bei mir, es ist alles in Ordnung‹, bat Swetlana. Und dann trat ich als unbescholtener Moskauer Bürger auf die Straße. Wir fuhren bis zur Station Dserschinskaja, ich wollte an der Lubjanka vorbeigehen und sehen, ob ich Angst bekam. Bis zu diesem Tag hatte ich das Stadtzentrum gemieden. Dort waren viele Milizionäre. Ich bewegte mich nur in unserem Viertel und hatte immer eine Einkaufstasche und etwas Geld dabei. Einmal hielt mich ein Milizionär an, er wollte meinen Pass sehen. ›Welchen Pass?‹, redete ich mich raus, ›ich will nur schnell Brot kaufen, Gäste sind gekommen, und wir haben nichts im Haus.‹ Ich zeigte ihm mein Einkaufsnetz und kramte das Geld aus der Hosentasche. Er ließ mich ziehen. Aber jetzt war ich rehabilitiert und in der Stadt gemeldet. Jetzt müsste die Angst doch weg sein.

Als unser Bus in die Nähe der KGB-Zentrale kam, merkte ich, wie Angst meinen Körper packte. Swetlana sah in meinem Gesicht, dass ich nicht aufstehen konnte. Meine Knie zitterten, ich presste die Hände auf die Beine. Ich schwitzte. Wir blieben sitzen und fuhren an der Lubjanka vorbei.

Das ist lange her. Seitdem war ich oft auf dem Platz. Vom Lieblingsgeschäft unserer Kinder, *Detskij Mir* [Welt der Kinder], sind es nur wenige Meter zum KGB. Serjoscha und Nastja haben mir die Angst vor diesem Ort genommen. Wenn wir an der Metro-Station Dserschinskaja ausstiegen und uns oben auf der Straße die Statue dieses Henkers empfing, lenkte mich ihr Lachen, ihre Vorfreude auf das Kinderkaufhaus, ab. Sie wuchsen in einer neuen Zeit auf, frei von Angst. Sie und Swetlana haben mich zurück ins normale Leben geholt. 1986«

Hier hörten die Notizen auf. Lews »normales Leben« hatte Ende der 1950er, Anfang der 1960er Jahre begonnen. Erst ein Vierteljahrhundert später hatte er seine Erinnerungen an die Gefangenschaft aufgeschrieben.

Der Zug fuhr durch die Nacht. Draußen schien der Mond. Vereinzelte dunkle Flecken hoben sich vom Schnee ab. Alexander ging zur Toilette. Sie war beheizt. Er putzte sich die Zähne, wusch sein Gesicht mit warmem Wasser und musste daran denken, dass auf diesem Weg die Gefangenen in Güterwaggons transportiert worden waren und später auf demselben Weg Swetlana zu ihrem Verlobten reiste. Dessen Schienen hatten Gefangene verlegt.

Alexander legte sich auf sein schmales Bett. Er hörte das leise, tiefe Schnarchen Lews und ließ sich vom Rhythmus des Zuges in den Schlaf wiegen.

Alexander List war 29 Jahre alt. Die Interviews, die er mit Gulag-Überlebenden führte, waren die Grundlage seiner Promotion. In den 90er Jahren, als die Sowjetunion bereits Geschichte war, und das neue Russland sich erst noch erfinden musste, standen viele Archive im Land offen. Forscherinnen und Forscher aus aller Welt studierten die Dokumente des kommunistischen Regimes, erstellten Verzeichnisse über Mitglieder der Kommunistischen Internationalen, entdeckten von Stalin persönlich unterschriebene Erschießungslisten, fanden heraus, wo Trotzkis Mörder in Moskau gearbeitet hatte – heute laufen Touristen an seiner Arbeitsstelle vorbei –, sie deckten auf, dass die Sowjets mit dunkler Vorahnung in Afghanistan einmarschiert waren, sie stießen auf schriftliche Überlegungen für eine Invasion in Polen zur Zeit der Solidarność. Und eine Gruppe russischer Historiker konnte endlich den Mechanismus des Unterdrückungssystems in ihrer Heimat sichtbar machen.

Die Wissenschaftler gaben die Dokumente über die Organisation des Lagerimperiums heraus. Die Menschenrechtler der Organisation Memorial zeigten nach und nach, dass sich die Städtekarte der Sowjetunion mit der Karte der Zwangsarbeitslager nahezu deckte. Die Struktur des Systems, das auf Befehl des Gründers der sowjetischen Geheimpolizei, Felix Dserschinskij, im Januar 1921 erschaffen worden war, ist inzwischen gut bekannt. Offizielle Dokumente und Autobiografien Überlebender zeichnen den Lageralltag nach anhand von Arbeitsnormen, Essensrationen, die sich nach erbrachter Leistung richteten, Sterblichkeitsraten, Altersstruktur der Gefangenen, Gewalt.

Aber Alexander wollte mehr wissen: Woher nahmen die Menschen Hoffnung? Was gab ihnen Kraft?

Während des Studiums hatte er mit Freunden einige Tage in Krakau verbracht. Auf dem Rückweg besuchten sie die Gedenkstätte

Auschwitz und nahmen an einer Führung teil. Zu der Gruppe gehörte ein junges Paar mit einem Säugling in einer Tragetasche. Wenn die Frau, die die Gruppe führte, nicht sprach, herrschte Stille. Nur manchmal flüsterte jemand. Zwischen zwei Baracken, vor einer Mauer, blieb die Frau stehen und sah zu der jungen Familie. Sie streichelte die Füße des Kindes, die in der Sommersonne nackt aus der Tragetasche hingen. »An dieser Mauer wurde eine Familie erschossen«, begann sie. »Es gab Gerüchte über eine Widerstandsgruppe. Die Nazis suchten nach den Mitgliedern. Verdächtigt wurde ein Mann. Sie brachten seine Frau und seine beiden Kinder hierher. Sie erschossen zuerst das jüngste Kind, dann fragten sie den Vater aus. Dann erschossen sie das ältere Kind, dann seine Frau. Dann ihn.« Die Frau schwieg. Die Mutter des Babys stand mit Tränen in den Augen neben ihr. »Meinen Sie, wir könnten so handeln? Nichts verraten, obwohl alle, die uns wichtig sind, bedroht werden? Was hielt den Mann ab, alles zu erzählen, warum opferte er seine Familie? Sich?« Sie umarmte die junge Mutter und küsste die Füße des Kindes. Die Gruppe ging weiter.

Am späten Abend, als sie wieder in Berlin waren, wiederholte Alexander im Gespräch mit einem Freund die Frage der Mitarbeiterin aus der Gedenkstätte.

»Keine Ahnung«, antwortete der, »ich bin froh, dass ich darüber nicht nachdenken muss.«

Alexander aber wurde die Frage nicht mehr los. Woher nehmen Menschen die Kraft, Widerstand zu leisten, wenn dieser Widerstand für sie persönlich sinnlos ist? Was lässt sie entgegen ihrem Überlebensinstinkt so handeln? Wie konnten sie so stark sein?

TAG 3

Lew saß auf seinem schmalen Zugbett und sah zum Fenster hinaus. Nichts als weiße Weite, manchmal unterbrochen von reißenden Flüssen. Der wolkenlose Himmel versprach einen klaren, frostigen Tag.

»Ich möchte das Frühstück im Restaurant ausprobieren«, schlug Lew vor.

»Gern.« Es war sieben Uhr, Alexander erhob sich und sah auf dem Tisch einen Stapel Briefe liegen. Das Papier war vergilbt, ein Band hielt sie zusammen.

»Das waren die ersten Briefe, die Swetlana und ich uns nach dem Krieg schreiben konnten«, erklärte Lew.

»Können wir sie mitnehmen?«

»Ja, natürlich, wir können beim Frühstück darüber sprechen. Ich habe nichts zu verbergen.«

Als sie das Bordrestaurant betraten, legte eine Kellnerin ihr Handy weg und brachte zwei Speisekarten. Lew und Alexander waren an diesem Morgen die ersten Gäste. Sie konnten aus zwei Frühstücksvariationen wählen: Europäisch und *Domaschnij* (»wie zu Hause«). Europäisch hieß: Müsli, zwei Brötchen und Marmelade. Bei *Domaschnij* erwarteten die Gäste: Hirsebrei, Spiegeleier, Würstchen und *Syrniki*, die russischen Quarkpfannkuchen. Die europäische Variante kostete mehr. Alexander wunderte sich immer wieder, warum mehr als zehn Jahre nach dem Ende der Sowjetunion die Preise nach wie vor höher dafür waren, was aus dem Westen stammte oder als westlich verkauft wurde. Sie bestellten zwei Mal die Variante *Domaschnij*, Tee und Kaffee.

Alexander löste die Schlaufe und faltete den obersten Brief auseinander. Es waren die ersten Worte, die Lews Angehörige und Swetlana nach fünf Jahren Stille erreicht hatten, im Winter 1946.

Alexander sah zu Lew hoch. Er konnte sich vor Neugier kaum zurückhalten, er hatte noch nie in solch persönlichen Erinnerungsstücken gelesen, während seine Gesprächspartner dabei waren.

»Lesen Sie ruhig«, nickte Lew, »die Lagerzensur hat sie auch alle gelesen.«

Der Brief war an Lews Tante adressiert. Nachdem die Eltern erschossen worden waren, war er mit ihr und seiner Großmutter zurück nach Moskau gezogen. Die Tante, Lehrerin für Deutsch und Latein, hatte Arbeit als Sachbearbeiterin an der Fremdsprachenuniversität gefunden. Sie lebten zu dritt in einem Zimmer der ehemaligen großen Wohnung einer adeligen Familie in Kitaj Gorod.

Oktober 1946

Liebe Tante Olja,

ich habe so lange darauf gewartet, jemandem Geliebten schreiben zu können. Ich lebe. Ich befinde mich in einem Arbeitsbesserungslager des Innenministeriums, im Norden. Ich wurde 1945 wegen Heimatverrats verurteilt. Wie, was und warum – das kann ich im Brief nur schwer erklären. Wir bauen hier eine neue Stadt auf. Die Bedingungen sind gut, wenn man vom Klima absieht. Ich war vier Jahre lang in Gefangenschaft der Faschisten, jetzt diene ich unserem Land. Bitte lass mich etwas von Dir lesen. Ich weiß nicht, ob Du noch lebst, ob Großmutter noch lebt ... und Swetlana und ihre Familie. Schreib mir an die Absenderadresse, Dein Brief wird mich erreichen. Ich umarme Euch. Schreibt mir bitte, schreibt.

Lew

Der Brief war zweimal gefaltet, das Papier war durchsichtig, es war nicht dafür gemacht, Jahrzehnte lang aufbewahrt zu werden. Alexander steckte den Brief wieder in den Umschlag. Als Absender war die Lagerkennung angegeben: P. J. 274/11, OLP Lesokombinat, Lew Mischenko – Postfach 274/11, Eigenständiger Lagerpunkt, Waldverarbeitungswerk, Lew Mischenko.

Das Frühstück wurde serviert, es passte kaum auf den Tisch.

»Wer soll das alles essen?«, fragte Lew und lächelte. Er trank Tee und nahm den Löffel für den Hirsebrei in die Hand.

»Sie haben so vorsichtig im ersten Brief berichtet …«

»Ja, natürlich«, antwortete Lew, »ich wollte sicher gehen, dass der Brief die Zensur passiert. Es war doch wichtig, dass meine Leute endlich wussten, dass ich lebe. Und ich wollte auch wissen, was mit ihnen ist.«

Die Lagerverwaltung prüfte die Post. Wenn ein Häftling sich über das Essen beschwerte, kritisch über die Unterbringung oder die Wachmannschaften schrieb, beschlagnahmten die Zensoren die Briefe. Die Häftlinge wussten von dieser Gefahr, allerdings erfuhr niemand je, ob sein Brief einbehalten wurde. Und nicht wenige Gefangene verloren die Hoffnung, weil ihnen niemand antwortete, nicht die Ehefrauen, Ehemänner, Eltern oder Kinder.

Die erste Antwort seiner Verwandten erhielt Lew drei Monate später. Und auch deren Brief war nur wenige Zeilen lang.

Ljowa, was für ein Tag!

Mein Kopf dreht sich vor Glück! Als ich Deinen Brief aus dem Briefkasten nahm und Deine Handschrift auf dem Umschlag erkannte, ließ ich mein Einkaufsnetz fallen. Und Großmutter hatte so starkes Herzklopfen, dass ich sie beruhigen musste.

Wie glücklich wir sind! Wir haben immer gehofft, dass Du lebst, aber unsere Hoffnung begann zu schwinden – der Krieg ist doch schon seit eineinhalb Jahren vorbei, und es gab keine Nachricht von Dir. Und nun das.

Wir sind gesund. Auch Swetlana und ihren Eltern geht es gut. Ich eile noch heute zu ihnen und berichte von Dir.

Wir warten auf Dich! Deine Tante Olja

Der dritte Brief war von Swetlana.

»Wie war das für Sie, als Sie die Briefe von zu Hause erhalten haben?«, fragte Alexander. Lew hatte seinen Brei aufgegessen und strich Honig über die Quarkpfannkuchen. Er biss ein Stück ab und kaute langsam.

»Ja«, antwortete er, »wie kann man so etwas vergessen? Aber es ist schwer, das zu erzählen.« Er aß auf, trank seinen Tee, lehnte sich zurück und holte tief Luft.

»Ich kam im August 46 in Petschora an. Wir waren fast ein halbes Jahr von Deutschland bis zum Lager unterwegs. Wir waren abgemagert, dreckig, hatten uns seit Wochen nicht gewaschen. Ich hatte eine Verletzung, weil mir ein Wachmann mit einem Holzklotz auf die Nieren geschlagen hatte. Sie haben mit Klötzen die Wandbretter und den Boden der Waggons abgeklopft, um zu sehen, ob wir sie lockern. Es kam ja vor, dass jemand zu fliehen versuchte. Bei uns haben das zwei Belarussen versucht, als der Zug durch ihre Region fuhr. Sie haben eine Nacht lang die Bretter bearbeitet. Es gab deswegen Streit im Waggon, weil andere Angst hatten, bestraft zu werden. Das war schrecklich. Der Zug stand, die Belarussen wussten, dass draußen ihre Heimat ist, aber sie konnten nichts tun, die anderen Gefangenen bedrohten sie. Am nächsten Morgen klopfte die Wachmannschaft die Bretter ab und aus irgendwelchen Gründen schlug mich einer der Soldaten. Wir waren für sie Verräter.«

Petschorlag, das Lager am Fluss Petschora, war ein Umverteilungspunkt. Von hier aus wurden die Gefangenen auf verschiedene Lager verteilt, dort befanden sich eine Quarantäne-Klinik, eine große Sauna und ein großer Friedhof.

»Der Spätsommer da oben kann sehr schön sein, ein Rausch der Natur. Der Fluss flüstert. Der Wind spielt mit dem Laub. Die Bäume leuchten rot und orange. Und plötzlich verschwindet diese Schönheit. Von einem Tag auf den anderen wird es kalt. Es regnet. Überall Matsch. Dann schneit es. Alles friert. Wir kamen an, als der Sommer endete. Und ich hatte nichts, nur den dünnen Anzug. Meine Schuhe hat mir ein Wachmann unterwegs abgenommen, sie verkauften unsere Sachen an den Stationen. Im Lager kam ich in die Quarantäne, wurde geschoren, konnte mich endlich in der Banja waschen. Meine erste Kleidung im Lager war abgenutzt, das Futter der Jacke ganz dünn. Das waren alte, ausgekochte Sachen von Toten. Wir aßen Graupensuppe, jeden Tag, wochenlang, manchmal war sie dick eingekocht und gesüßt, es gab fast nie etwas anderes. Trotzdem sagten die Ärzte, die selbst Gefangene waren, wir hätten Glück. In den Kriegsjahren hätte es eine Hungersnot gegeben. Hinter dem Zaun der Klinik waren die Gräber zu sehen, große, breite Hügel, Massengräber. In den ersten Wochen hatte ich psychisch nicht die Kraft, meinen Verwandten zu schreiben. Ich dachte jeden Tag an sie, wollte sie wissen lassen, dass ich lebe. Aber mir ging es schlecht.

Ich sah andere sterben und fragte mich, ob ich meinen Leuten Hoffnung machen sollte. Ich hatte ja selbst kaum welche. Noch neun Jahre! Ich habe gerade vier Jahre Gefangenschaft überlebt, und jetzt sollte ich noch einmal mehr als doppelt so lange durchhalten?«

Lew erzählte. Seine Stimme wurde mal lauter, mal leiser, die Vergangenheit lebte wieder auf. Das Diktiergerät zeichnete sie auf.

»Ende September 46 hieß es, ich bliebe in Petschora. Ich kam ins Holzverarbeitungslager. Das war keine Stunde Fußweg von der Quarantänestation entfernt, an einigen Wohnhäusern der Lagerarbeiter vorbei, dem Untersuchungsgefängnis, dann zur Anhöhe am Flussufer. Es war ein weites Areal mit mehreren Baracken, einem Holzverarbeitungswerk und einer Heizstation, die Strom und Wärme erzeugte.«

In Lews blauem Notizbuch war das Gelände unter Punkt 12: Lager detailliert beschrieben und gezeichnet wie ein technischer Plan. Die Zeichnung war nach Norden ausgerichtet. Alexander wunderte sich über die Akribie.

»Ich wollte meinen Verwandten erst schreiben, wenn ich mir über die neuen Umstände klar war. Ich wollte ja selbst wissen, was mit ihnen ist, hatte Angst, dass nie eine Antwort kommt. Oder ein offizielles Schreiben, in dem steht, dass sie verstorben sind. So etwas halten Sie nicht aus. Im Lager macht Sie so etwas kaputt. Das habe ich gesehen.«

Aus Holz fertigten die Gefangenen Schwellen für die Schienen, Baracken für sich und Wohnhäuser für Lagerarbeiter; aus Holz fertigten sie die Pritschen in den Baracken, Möbel, Teller, Besteck, Werkzeuge. Das Lager Petschora war nur ein Vorposten. Weiter im Norden, hinter dem Polarkreis, lag Workuta, das Kohlerevier, in dem viele Gefangene in ewiger Dunkelheit unter der Erde ihr Leben ließen.

»Ich dachte, ich werde so wie in Deutschland an Maschinen arbeiten, etwas anfertigen«, erzählte Lew weiter. »Aber ich sollte Baumstämme aus dem Fluss ziehen. Das Lager lag am Ufer, etwas erhöht. Andere Gefangene fällten flussaufwärts die Bäume, das Wasser trug sie zu uns. Da standen wir dann, in wattierter Kleidung, durchnässt, kraftlos und sollten diese Baumstämme rausholen und hoch zum Werk ziehen. Nach wenigen Tagen wurde mir klar, dass ich das nicht überleben werde. Sehen Sie mich an. Ich war nie sportlich, ich habe nie viel gewogen, und damals war ich noch dünner als jetzt. Im Oktober verschwindet da schon alles unter Schnee und Eis, und wir stehen im Fluss, zerren die Baumstämme raus. Die sind nass, vereisen schnell. Die Kleidung trocknet über Nacht nicht richtig durch, nur wer sich bewegt, kann sich aufwärmen, aber wer sich zu viel bewegt, verliert Kraft. Und dann fällst du ins Wasser, die Baumstämme drücken dich runter, du reißt deinen Mund auf, weil die Lunge nach Luft verlangt ... und das war's.«

Lew schwieg.

Alexander wartete.

»Da war so ein junger Bursche ... Ich fragte mich, ob er das extra gemacht hat. Vielleicht wollte er nicht mehr. Das Wasser trug ihn fort.«

Alexander hatte noch nie einen Menschen sterben sehen. Trotzdem war der Tod seine ganze Kindheit lang präsent in der Familie gewesen. Noch bevor Alexander laufen konnte, hatte sich die Mutter seines Vaters erhängt, eine Nachbarin hatte sie im Wäschekeller gefunden. Es gab keinen Abschiedsbrief. Ihr Ehemann versank in Depressionen, und Alexander hatte als Kind nie verstanden, warum er so anders war als der andere Großvater. Die Großmutter tauchte nur selten in den Familienerzählungen auf, aber sie war nie ganz weg.

»Ich dachte immer an meine Leute. Ich wollte nicht aufgeben, aber ich merkte auch, dass ich wieder Kraft verlor. Dann fiel ich ins Wasser, bin ausgerutscht oder aus Schwäche, weiß der Teufel. Die Männer zogen mich raus. Ich lag auf der Erde. Schnee fiel auf mein Gesicht. Ich konnte mich nicht aufrichten. Ich spürte meine Zehen nicht mehr. Meine Hände schmerzten so sehr, dass ich schreien wollte, aber ich bekam keinen Ton raus. Und wissen Sie, wenn ich das erzähle, friere ich, spüre wieder die Kälte in meinen Händen. Dabei sind sie warm. Fühlen Sie mal, die sind doch warm?«

Zum zweiten Mal berührte Alexander Lews Hand. Die Finger waren dünn, die Haut weich. Und warm.

»Ich dachte damals nur, dass es so nicht sein darf. Ich wollte nicht sterben, nicht in meiner Heimat. Nicht nach dem Krieg. Nicht so. Erst im Lager konnte ich mich wieder bewegen. Die Männer haben mich zurückgetragen. Ich hatte Erfrierungen«, dann beugte Lew sich über den Tisch und flüsterte: »auch da, wo ein Mann keine Erfrierungen haben sollte.« Er lehnte sich wieder zurück.

»Ich blieb zwei Tage in der Baracke. Ich dachte nach und beschloss zwei Sachen. Erstens wollte ich meiner Tante schreiben. Alle zu Hause sollten endlich erfahren, dass ich den Krieg überlebt habe. Und ich wollte, dass meine Leute erfahren, wo ich bin. Wenn ich sterbe, dann wissen sie, wo ich liege. Die Verschwundenen quälen die Verbliebenen länger als die Toten. Das wollte ich meinen Leuten ersparen. Und zweitens wollte ich mit dem Lagerleiter sprechen. Der Fluss wäre mein Tod gewesen, aber ich konnte ihm etwas anderes anbieten. Ich bin doch Physiker.«

Die Kellnerin räumte ab, Alexander bestellte noch einen Kaffee. Für einen Moment versank Lew in seinen Erinnerungen, das Rauschen des Zuges hüllte ihn ein, sein Blick verlor sich im weißen Nichts der Landschaft: »Meinen ersten Brief nach Hause schrieb ich am selben Tag, an dem ich den Lagerleiter schriftlich um ein Gespräch gebeten habe. Ich hatte ihn noch nie gesehen, wir hatten nur mit der Wachmannschaft und mit Verwaltungsleuten zu tun. Sie hätten mich nie zum Leiter vorgelassen, also musste ich ihn auf mich aufmerksam machen. Im Lager fiel oft der Strom aus. Das kleine Kraftwerk lieferte Energie für das Werk und versorgte einen großen Heizkessel. Ohne Strom konnte das Werk seine Vorgaben nicht erfüllen. Dann blieben die Baumstämme liegen, das Holz wurde nicht verarbeitet, der Städtebau verzögerte sich, die Gleisverbindung in den Norden konnte nicht ausgebaut werden. Das waren große Probleme für den Lagerleiter. Er hatte Pläne zu erfüllen, er war genauso ein Gefangener wie wir. Nur lebte er auf der anderen Seite des Zaunes. Also schrieb ich ihm, dass ich Physiker bin und womöglich helfen könnte, die Stromversorgung zu stabilisieren. Er ließ mich kommen. Ich stand vor ihm und fühlte mich wie im Krieg, als ich mit den Nazis sprechen musste. Ich hatte Angst, war wie gelähmt. Der Körper scheint manche Gefühle tief zu speichern, ein Geräusch, ein Bild, ein Geruch – schon kommt alles hoch.«

Lews Stimme wurde tiefer. Er versuchte das Gespräch mit dem Lagerleiter nachzuahmen.

»Was könnte ich schon im Kraftwerk ausrichten, wenn dort bereits Spezialisten arbeiteten, fragte er. Ich sagte, ich kenne die Leute nicht, ich weiß nur, was ich kann, vielleicht würde mein Wissen nützlich sein. Ich solle ihn nicht für dumm verkaufen, antwortete er streng. Er sehe genau, dass ich nur von der harten Arbeit wegkommen wolle. Da schwieg ich. Natürlich war das richtig. Mir war klar, dass die Arbeit im Fluss mein Ende gewesen wäre. Ich wusste nicht, was ich sagen sollte. Ich kannte weder die Ursachen der Probleme im Kraftwerk, noch schien der Leiter besonders erfreut über das Gespräch. Aber dann dachte ich, dass er mich nicht vorgeladen hätte, wenn er nicht selbst nach einer Lösung suchte. Also bot ich ihm an, für drei Monate im Kraftwerk zu arbeiten. Darauf ging er ein. Er sagte noch, wenn sich nichts ändert, schickt er mich in den Kalkabbau. Da kamen Schwerverbrecher hin. Und von dort kehrte niemand zurück.«

Er würde gerne ins Abteil zurück gehen und sich hinlegen, sagte Lew. Der Zug hielt gerade an einer kleinen Station. Einige Holzhäuser und zwei- oder dreistöckige Bauten waren zu sehen. An einem Haus konnte man verblasste rote Buchstaben erkennen: »Slawa KPSS« – Ehre der Kommunistischen Partei der Sowjetunion. Der Schnee bedeckte die Trostlosigkeit dieser Siedlung. Ein Mann, der gerade ausgestiegen war, ging am Fenster vorbei, Zigarette im Mund, Rauch im Gesicht, in den Händen zwei Taschen, die seine Schultern nach unten zogen.

Lew nahm eine Flasche Wasser mit, im Abteil holte er aus der Innentasche seines Mantels eine Medikamentendose und nahm eine Tablette. »Sie müssen mich unterbrechen, wenn ich abschweife, Sie wollten doch wissen, wie ich mich gefühlt habe«, sagte Lew aufgeregt. »Ich hatte mir ausgerechnet, dass mein Brief zu meiner Tante etwa vier Wochen brauchen würde. Meine Tante würde schnell antworten, das ahnte ich. Vier Wochen dann für ihren Brief zurück. Ich würde also gut zwei Monate warten müssen, bis Ende des Jahres etwa. Aber nach zwei Monaten kam nichts. Und mit jedem Tag wurde ich nervöser, bekam Angst, schlief schlecht. Ich dachte, so lange brauchen nur offizielle Schreiben, und die verheißen nichts Gutes. Aber ich täuschte mich. Ihre Antwort kam und gleich auch noch ein Brief von Swetlana, den Sie noch nicht gelesen haben.«

Lew schob Alexander den Brief zu und erzählte weiter. »Es war bereits Januar 1947. Zum ersten Mal seit mehr als sechs Jahren erlaubte ich mir den Gedanken, dass ein Leben nach der Gefangenschaft möglich ist. In den Jahren vorher habe ich oft gespürt, wie ein Menschenherz vor Angst schlagen kann. Aber dass es auch vor Freude so stark schlagen kann, als ob es aus der Brust springen wollte – das habe ich bis dahin nicht gewusst. Als ich die Worte las, die jemand weit weg für mich geschrieben hat, als ich spürte, dass da jemand an mich denkt, mich in sich trägt und auf mich wartet, da weinte ich vor Glück. Vor Aufregung konnte ich nicht schlafen, ich las die Briefe immer und immer wieder. Ich strich mit den Fingern über jeden Buchstaben, spürte diesen feinen Abdruck des Stifts auf dem Papier. Ich stellte mir vor, wie Swetlanas Finger jeden Buchstaben schreiben, wie ihre Hände dieses Papier halten, es falten und in den Briefkasten werfen. Es ist schwer, solche Gefühle zu beschreiben. Aus solchen Augenblicken kann ein Mensch lange Kraft schöpfen. Und dann war da noch diese Mannschaft, mit der ich zusammenarbeitete. Ich habe dort Freunde für ein ganzes Leben gefunden. Israelitsch, zu dem wir jetzt fahren, ist einer von ihnen.«

Lew atmete tief. Er legte sich hin, sagte, er wolle ein wenig dösen – *dremat*. Alexander mochte dieses weiche Wort. Er nahm Swetlanas Brief, seinen Notizblock und Lews blaues Buch und ging wieder auf den Gang. Die Zugbegleiterin fragte, ob er Tee wollte, er verneinte. Sie habe nur wenig Reisende in ihrem Waggon. Im Winter sei die Arbeit leichter, allerdings verdiene sie auch weniger, erzählte Maria. Ihr Gehalt richte sich nach dem Umsatz. Je mehr Tee, Chips, Kekse oder Hygiene-Artikel sie verkaufe, desto mehr verdiene sie. Er solle klopfen, wenn er was brauche. Sie ging in ihr Abteil.

Alexander wartete, bis er allein war, dann faltete er Swetlanas Brief auseinander.

Moskau, Dezember 1946

Mein lieber Ljowa,

seit Stunden sitze ich vor diesem Blatt. Ich kann mein Glück nicht in Worte fassen. Deine Tante war bei mir. Sie zeigte mir Deinen Brief, und als ich meinen Namen las, da lachte ich auf. Ich möchte Dir so vieles erzählen und weiß nicht, wo ich anfangen soll. Ich lebe mit meiner Mutter und meinem Vater, wir sind wohlauf, obwohl Vater einen Schlaganfall erlitten hat. Ich studiere wieder, unsere Fakultät war im Krieg verlegt worden, aber jetzt ist sie wieder in Moskau. Viele Freunde sind nicht mehr da. Gefallen, verschwunden. Ich dachte, dass auch Du … Ach, ich will es nicht aussprechen. Ich möchte nur, dass Du weißt, dass sich nichts geändert hat, Ljowatschka.

Sweta

Der Zug fuhr wieder. Es war früher Vormittag, noch 16 Stunden bis Petschora. Alexander schlug das blaue Notizbuch auf, Punkt 2: Swetlanas Eltern.

»Ich lernte Swetlana bei den Aufnahmeprüfungen für das Physik-Studium kennen. Vor der Prüfung in dem alten Bau auf der Mochowaja Straße waren wir alle zu nervös, um miteinander zu sprechen. Nach der Klausur standen wir draußen und plauderten, lachten, manche weinten. Ich sprach mit Swetlana, aber ihren Namen erfuhr ich erst, als wir uns zum Semesterbeginn wiedersahen. Das war im September 1935. Wir waren 24 Studenten, Swetlana und ich haben uns schnell angefreundet, schon bald stellte sie mich zu Hause vor. Ihre Familie lebte in einer eigenen Wohnung, nicht wie wir in einer *Kommunalka* mit anderen Familien. Wenn ich zur Fakultät ging, holte ich sie in der Kasarmennaja Gasse nördlich von unserem Viertel ab. Es war ein kleiner Umweg, unnötig zu sagen, dass ich diesen Umweg gerne ging.

Ihr Vater, Alexander Aleksejewitsch, war in revolutionären Zirkeln aktiv und mit Lenin bekannt gewesen. Er war Chemiker und Ingenieur. Nach Lenins Tod und Stalins Machtübernahme verbrachte er einige Zeit in einer Nervenklinik. Das rettete ihm wahrscheinlich das Leben. Als er wieder nach Hause kam, stellte er einen Austrittsantrag bei der Kommunistischen Partei. Sein Gesundheitszustand hindere ihn daran, seine eigenen und die Ansprüche der Partei zu erfüllen. Eigentlich wäre jemand allein schon für diese Worte verhaftet worden, so war es vielen Bekannten und Gelehrten ergangen. Aber der Antrag von Alexander Aleksejewitsch wurde bewilligt. Er arbeitete bis zur Pensionierung als wissenschaftlicher Berater im Ministerium für die chemische Industrie.

Ich bedauere sehr, dass ich mich an viele Erzählungen aus dem Leben von Swetlanas Vater nicht mehr erinnere. Die Familie hatte immer viel Besuch, und der Vater konnte alle mit seinen Erzählungen unterhalten. Er war ein ruhiger, hoch gebildeter, immer höflicher Mensch. Er nahm mich mit Selbstverständlichkeit an, das war ein wohltuender Kontrast zu Swetlanas Mutter. In ihrer Anwesenheit fühlte ich mich lange unsicher.

Anastasija Erofejewna hatte so feine Manieren, dass ich oft fürchtete, etwas Falsches zu sagen oder mich falsch zu benehmen. Wegen einer Knochenkrankheit trug sie zu jeder Zeit Handschuhe und konnte die Hausarbeit selbst nicht verrichten, eine Tatarin half ihr. Es war die einzige Familie in meinem Bekanntenkreis, die eine

Bedienstete hatte. Die Mutter war Russischlehrerin, und eines Tages, als ich bei Swetlana meine Vorlesungsnotizen abholen wollte, überreichte die Mutter mir diese. Sie sagte, ich hätte eine gute Sprache. Das brach das Eis zwischen uns. Meine Sprache habe ich meinem Professor zu verdanken, seine Vorlesungen waren klar, verständlich und logisch.

Und dann war da noch ein Vorfall. Nachdem ich im Herbst 1941 eingezogen wurde, wir am Rande Moskaus Gräben aushoben, und der Krieg schon zu hören war, durfte ich mich kurz verabschieden. Ausgerechnet an dem Nachmittag war nur Anastasija Erofejewna zu Hause. Ich schrieb Swetlana einen kurzen Brief, gab ihn ihrer Mutter, und sie küsste mich auf die Stirn, wie ihren leiblichen Sohn.«

Alexander klappte das Notizbuch zu. Er blickte aus dem Fenster und dachte an das Jahr, in dem Lew und Swetlana sich kennengelernt hatten: 1935. Er kannte die Straße, in der die Fakultät stand. Dort befanden sich mehrere alte Gebäude der Universität. Das Ensemble lag nordwestlich des Kremls, gegenüber dem Alexandergarten, früher oder später läuft heute jeder Tourist daran vorbei, gegrüßt vom Lomonossow-Denkmal.

1935 – Stalins Terror hielt das Land in Angst, unzählige Menschen waren in ländlichen Gebieten verhungert, unzählige andere waren in den Zwangsarbeitslagern verschwunden. Dort sollten sie umerzogen werden, dort starben sie.

Berichte über Schauprozesse gegen Intellektuelle, Ingenieure und Spezialisten aller Art füllten die Zeitungsseiten. Unzählige Prozesse gegen einfache Arbeiter und Bauern beachtete die Öffentlichkeit nicht. Und doch mussten viele geahnt haben, dass etwas Schreckliches im Land geschieht. Nachbarn verschwanden, Kollegen, Vorgesetzte, Lehrer, Bekannte. Niemand war sicher.

Wenn Lew Swetlana abholte, musste er an der Hauptverwaltung des Geheimdienstes, an der Lubjanka, vorbei, oder er passierte das Gericht des Militärkollegiums im Haus Nummer 23 auf der Nikolskaja Straße, dem »Erschießungshaus«, wie es später einmal genannt werden sollte. Zehn, vielleicht fünfzehn Minuten dauerten hier die Prozesse. Zehn Minuten und ein Menschenleben endete, zehn Minuten und ein weiteres endete. Zehn Minuten.

Und in jener Zeit, als alle Ideale der russischen Revolution im Terror untergingen, und im Westen Europas sich ein anderer Terror auszubreiten begann, lernten sich Lew und Swetlana kennen.

Gegen Mittag wachte Lew auf, setze sich, und schaute auf den Boden. Alexander hörte auf zu lesen und folgte seinem Blick.

»Primus hat vor dem Bett geschlafen. Früher hat er uns geweckt. Später wachten wir vor ihm auf«, erinnerte sich Lew. »Nach Swetlanas Tod hat er sie lange gesucht, ist von Zimmer zu Zimmer gelaufen, hat an ihren Schuhen geschnüffelt und sprang auf den Sessel, auf dem sie immer gesessen hat. Wahrscheinlich jault er jetzt bei meinem Nachbarn …« Lews Stimme klang melancholisch.

Er sah, dass Alexander das blaue Notizbuch auf den Tisch gelegt hatte, daneben lagen die Briefe und das Diktiergerät.

»Finden Sie denn darin, was Sie brauchen?«, fragte Lew.

Alexander setzte sich auf, überrascht von der Frage zögerte er, bevor er antwortete: »Sie schreiben wenig über Ihre Gefühle. Sie schreiben vom Abschied von Swetlanas Mutter, aber nichts darüber, ob Sie Angst hatten. Waren Sie nicht verzweifelt? Sie haben gerade jemanden kennengelernt und dann der Krieg.«

Lew blickte auf. Seine Gesichtszüge wirkten jetzt strenger, und Alexander sorgte sich, ihm zu nahe getreten zu sein.

»Entschuldigen Sie, wenn ich zu direkt war«, sagte er.

»Nein, nein, es ist eine richtige Frage«, erwiderte Lew und stand auf. Er richtete sein Hemd und strich sich mit beiden Händen übers Gesicht. »Heute ist das die richtige Frage. Damals dachte ich über so etwas nicht nach. Niemand wahrscheinlich. Und später, nachdem alles vorbei war, sprach auch niemand darüber. Ich wollte nur, dass die Ereignisse nicht vergessen werden, dass unsere Nachfahren wissen, was wir erlebt haben. Aber was wir gefühlt haben, ist das wichtig für Sie? Warum ist das wichtig?«

Alexander erinnerte sich an seine Großmutter, an ihren Suizid und an seinen Großvater, der danach seine Lebenslust verloren hatte. »Sie haben doch den jungen Mann erwähnt, der sich ertränkt hatte. Warum geben sich manche auf? Warum kämpfen andere? Woher nehmen sie die Kraft?«

Lew trank einen Schluck Wasser und schaute aus dem Fenster. Fahles Licht lag über den Birkenwäldern, über den Holzhäusern, über den schiefen Zäunen und den Feldern, an denen der Zug vorbeifuhr.

»Kennen Sie das Unschärfeprinzip?«, fragte Lew.

»Sie meinen Heisenberg? Ich kann entweder den Ort oder die Geschwindigkeit eines Teilchens feststellen, aber nicht beides. Das?«

»Das ist die einfachste Erklärung, aber das genügt. Mit dem Menschen ist es nicht anders, denke ich heute. Entweder Sie leben in dem Moment, oder Sie denken über ihre Angst, Hoffnung oder Verzweiflung nach. Und damals hatte ich keine Zeit zum Nachdenken. Ich hatte keine Zeit darüber klar zu werden, was in mir vorgeht. Nicht, dass ich nichts fühlte. Es war das Gegenteil. Die Gefühle waren so intensiv, dass ich nicht über sie nachdenken konnte«, erklärte Lew. Er atmete tief. Seine Schultern hoben und senkten sich.

Alexander schaltete das Diktiergerät an.

»Bis ich Eduard Hladik traf, hatte ich unbeschreibliche Angst. Die Nazis haben mich zusammen mit vier anderen Soldaten von den übrigen Gefangenen getrennt. Wir hatten Offiziersrang und jeder von uns konnte eine Fremdsprache. Sie hatten uns zwei Tage in einem Lager in der Hitze ohne Essen und Trinken warten lassen, dann zu sich geholt und uns vor einen Tisch gesetzt, an dem sie selbst aßen. Es gab Fleisch, Fisch, Kartoffeln, Suppe, Champagner und frisches, duftendes Brot. Diesen Brotgeruch – den kann ich bis heute nicht vergessen. Dann haben sie uns angeboten, uns zu retten, auszubilden und für ihre Spionage einzusetzen. Sie aßen, lachten, tranken. Ich wollte nur weg, und schließlich habe ich auf Deutsch gesagt, dass ich nicht für sie arbeiten kann. Sie beachteten mich kaum, einer winkte einen Soldaten herbei, der mich abführte. Da dachte ich, dass ich sterben werde, dass alles vorbei ist. Aber sie haben es einfach später wieder versucht. Bevor wir in den Westen verlegt wurden, fragte mich ein Nazi-Offizier, wo ich Deutsch gelernt habe. Ich erzählte es ihm. Dann wollte er wissen, warum ich nicht für sie arbeiten wolle. Ich fragte ihn, wie er sich an meiner Stelle verhalten würde, ich könne doch nicht gegen meine Kameraden arbeiten. Er lachte. An meiner Stelle werde er sich nie befinden, sagte er. Ich weiß nicht, was mit unseren anderen Offizieren geschehen ist, ich habe sie nie wieder gesehen. Ich kam mit anderen Soldaten ins Durchgangslager bei Smolensk, dann nach Deutschland, erst Fürstenberg an der Oder, dann Leipzig. Ende Februar 1942 traf ich dort Eduard.«

»Auch wenn er nett zu Ihnen und anderen war – das sicherte doch nicht Ihr Überleben?«

»Nein, natürlich nicht. Aber es hat vieles verändert. Eduard hat mich überzeugt, dass ich mich als Dolmetscher nicht verweigern sollte. Das würde nicht nur mir helfen, hat er gesagt. Es gab zwar Dolmetscher, das waren oft Russen, die nach der Revolution nach Europa geflohen waren. Aber sie waren meist nur bei Befragungen anwesend, oder wenn wir über angebliche Erfolge der Nazis an der Front informiert wurden. Bei der Arbeit waren sie nicht dabei. Und wenn es da zu Problemen kam, wurden Gefangene der Meuterei beschuldigt und bestraft. Dagegen konnte ich was tun, wenn ich vermittelte, hat er gesagt. Und mir hat das auch geholfen, weil ich so nicht direkt in die Produktion eingebunden war. HASAG hat ja vom Krieg profitiert. Die holländischen, französischen und die sowjetischen Gefangenen haben Munition und Panzerfäuste herstellen müssen. Sie haben etwas mit eigenen Händen gefertigt, das ihre eigenen Leute tötete. Das nagt an einem. Ich war froh, dass ich das nicht machen musste.«

»Wie haben die anderen Gefangenen auf Sie reagiert, wenn Sie für die Nazis übersetzten?«

»Wer Eduard kannte und ihn mit mir sah, der verstand, dass ich nicht von der üblen Sorte sein konnte. Ich habe auch nie in dem Ton übersetzt, in dem gesprochen wurde. Einmal musste ich für fünf Ukrainer übersetzen, die haben die Griffe für Panzerfäuste verarbeitet, lange Rohre, auf die vorne die Geschosse montiert wurden. Diese Burschen haben die Rohre manchmal verstopft oder nicht ganz gerade gemacht, die waren dann unbrauchbar. Das war Sabotage, und eigentlich wäre das ihr Ende gewesen. Aber das Werk hatte immer zu wenige Arbeiter, also setzte man die Gefangenen unter Druck. Der Leiter der Abteilung schrie sie an und drohte. Ich übersetzte so ruhig wie möglich. Als ich mir sicher war, dass der Leiter wirklich kein Russisch verstand, fragte ich sie, ob ihnen denn nicht klar sei, dass sie hingerichtet werden konnten. Einer antwortete, dass sie als Partisanen gesehen haben, wie ihr Dorf verbrannt wurde, samt Frauen und Kindern. Das konnte ich natürlich nicht übersetzen, ich habe dann dem Abteilungsleiter gesagt, die Ukrainer seien Analphabeten und wüssten nicht, was sie tun müssen. Der Nazi drohte wieder. Ich wusste nicht, was ich sagen sollte. Gegen so viel Hass auf beiden Seiten können Sie nichts machen, und die Burschen verdächtigten mich ja, auf der Seite der Nazis zu stehen. Dann habe ich es riskiert und ihnen gesagt, dass sie sich nur retten können, wenn sie dennoch arbeiten. Macht langsam, habe ich ihnen gesagt, macht weniger, aber richtig, damit könnt ihr die Produktion verlangsamen, ohne aufzufallen. Da haben sie über mich gestaunt. Ich habe vorgeschlagen, dass sie eine Schulung bekommen. Die dauerte zwei, drei Tage. Das bedeutete, dass für weitere zwei, drei Tage weniger Leute Waffen herstellten. Und das bedeutete, dass vielleicht weniger Menschen durch uns sterben würden. So habe ich damals gedacht.«

Unter Punkt 5: Krieg hatte Lew in seinem blauen Notizbuch in wenigen Absätzen seine Gefangenschaft notiert, vor allem Orte, Daten und Namen: »Wenigstens ich will mich an sie erinnern, an die Menschen, die aus dem Leben geschieden sind, ohne wirklich gelebt zu haben.« Es folgte eine Liste von Gefangenen, die er in Fürstenberg an der Oder kennengelernt hatte: »Ukrainer Babtschenko, aus einem kleinen Dorf, unfreundlich und hinterhältig; Branzew – grob und cholerisch; ein junger, hoch gewachsener Leutnant, dessen Namen ich vergessen habe, er war zurückhaltend und hängte sich an keinen anderen dran; sehr angenehm war Kapitän Stakanow, er kam aus einer Bauernfamilie bei Wologda, hatte seine Bildung auf der Militärschule erhalten, er liebte Gedichte und konnte viele auswendig, er war Funker gewesen und brachte mir das Morsealphabet bei; Nikolai Pawlowitsch Buschmanow, Oberst, hatte in einem Lager bei Berlin im Untergrund ein antifaschistisches Komitee aufgebaut. Ich habe später erfahren, dass er die Nazi-Gefangenschaft überlebt hat und dann von den eigenen Leuten als Verräter verurteilt wurde. Unter uns waren außerdem zwei Generäle, die Namen weiß ich nicht mehr, aber einer von denen hatte sich Wlassow angeschlossen, der auf der Seite der Nazis kämpfte. Sein Schicksal war tragisch, er wurde nach dem Krieg zusammen mit Wlassow hingerichtet.«

Lews Aufzeichnungen wirkten wie Notizen eines unbeteiligten Beobachters. Keine Wut, kein Zorn, kein Hass, keine Liebe – bloß Fakten. Nur eines fiel auf: Er dankte vielen Menschen.

»Sie haben bei unserem ersten Treffen gesagt, dass Sie sehr viel Glück gehabt haben. Ihre Eltern wurden erschossen, als sie ein Kind waren, dann die Terrorjahre in ihrer Jugend, dann der Krieg, Gefangenschaft, dann wieder Lager ... Wo ist da Glück?«

Der Zug rollte nach Norden. Ab und an tauchte ein Farbklecks auf, ein frisch gestrichenes Haus. Keine Neubauten. Die Autos an den Bahnschranken wurden älter, die Straßen löchriger. Sie waren an einer Baustelle von Gazprom vorbeigefahren, andere Baustellen oder Industrien oder irgendetwas, das eine Zukunft für den Landstrich versprach, fehlte.

»Die Umstände meines Lebens erscheinen nicht glücklich, da kann ich Ihnen nicht widersprechen«, antwortete Lew, »aber schauen Sie doch mal, welche Menschen ich kennengelernt habe.«

Lew bat, ihm seinen Rucksack von der Ablage über der Tür zu holen. Er nahm einen Brief heraus und legte ihn auf den Tisch.

»Der ist nicht aus der Haftzeit, Sie sehen ja, er kam später aus der DDR. Aber bevor Sie ihn lesen, muss ich erzählen, von wem er ist. Und dann sagen Sie mir, wie so etwas kein Glück sein kann.«

Lews Stimme hatte sich verändert, sie klang heller, aufgeregter, ungeduldiger.

Auf dem Briefumschlag stand der Absender Erich Rödel, Absendeort war Leipzig, die Straße war nicht mehr zu entziffern: Fecht-, Ficht-, Fochtstraße?

»Das HASAG-Gelände war groß. Wir lebten in Holzbaracken, das Werk war aus Ziegelsteinen gebaut. Wenn ich zum Übersetzen gerufen wurde, begleitete mich meistens Eduard, allein durfte ich mich auf dem Gelände nicht bewegen. Wir sprachen viel miteinander, und manchmal betraten wir Baracken, in denen Eduard herzlich begrüßt wurde. Ich sah, wie er andere Gefangene behandelte und wie sie mit ihm sprachen. So begann ich, ihm zu vertrauen. Im November 1943 sagte er, er möchte mich jemandem vorstellen. Damals durfte das Lagerpersonal Gefangene für private Arbeit einsetzen, wenn das genehmigt worden war. Eduard hatte beantragt, dass ich eine Wohnung in der Stadt desinfiziere. Und so bin ich in Leipzig unterwegs gewesen, einige Tage vor den ersten großen Bombenangriffen. Auf dem Weg zu seinem Bekannten musste ich am Straßenrand laufen, sein Gewehr hatte er auf mich gerichtet, aber es war nicht geladen, das hatte er mir gesagt. Ein Passant beschimpfte mich, sagte, es sei gut, dass ich nicht frei rumlaufe, und Eduard antwortete: ›Er ist genauso frei wie wir‹. Eduards Bekannter war Erich Rödel. In der Wohnung waren noch dessen Frau Froni und seine elfjährige Tochter. Erich war in den 20er Jahren als Instrukteur im Moskauer Autowerk tätig, dort hatte er ein paar Worte Russisch gelernt. Er war Sozialdemokrat, bis die Nazis die Partei verboten. Er hasste den Faschismus und erzählte den ganzen Abend Witze über Göring und Hitler. Später hat mir Eduard erzählt, dass direkt unter Erich ein Nazi-Offizier lebte. Und trotzdem haben sie mich eingeladen und den Tisch für mich gedeckt.«

Lew hielt inne. Seine Augen schauten wieder nach draußen, aber sie wirkten, als sähen sie nicht den Schnee und die Wälder, sondern Eduard, Erich und Froni.

»Für Eduards Tochter hatte ich ein kleines Geschenk besorgt, ich habe von einem der Gefangenen einen Ring aus Abfällen machen lassen, einen Kupferring mit einem eingelegten Stück aus buntem Metall. Dem Gefangenen habe ich dafür Zigaretten und Essen gegeben und den Ring Eduard. Die Familie Rödel sah ich noch häufiger, sie kamen manchmal am Lagerzaun vorbei, manche Wachen schauten weg, und wir wechselten ein paar Worte«, erzählte Lew. »Irgendwann kamen sie nicht mehr. Eduard wusste auch nicht, was geschehen war. Sie waren einfach weg. Ich fürchtete, dass Erichs politische Haltung sie in Schwierigkeiten gebracht hatte. Aber so war es nicht.« Lew verstummte, atmete kurz durch und sagte: »Dieser Brief hier war eine große Überraschung für mich.«

Alexander öffnete den Umschlag.

10. April 1961

Werter Lew,

vor mir auf dem Tisch liegt der Ring, den Du meiner Tochter Else geschenkt hast. Er ist ihr zu klein geworden, und sie trägt jetzt einen anderen Ring, einen aus Gold. Sie ist verheiratet, und Froni und ich werden bald Großeltern.

Ich wusste nicht, wie ich diesen Brief beginnen sollte. Ich schreibe Dir aus Leipzig, wir sind wieder in der Stadt. Und obwohl ich sehr froh bin, dass Du überlebt hast, fühle ich mich schuldig Dir gegenüber. Wir sind im Frühjahr 1944 weggegangen, ohne es Dir zu sagen. Bei den Bombardierungen war das Haus meiner Tante zerstört worden, ich hatte Angst um meine Familie, und der Nazi unter uns hatte mich gefragt, warum ich so oft bei HASAG vorbeilaufe. Er muss etwas bemerkt haben. Wir sind dann von einem Tag auf den anderen zu Verwandten aufs Land gefahren. Bis Kriegsende haben wir niemanden in der Stadt kontaktiert.

Froni drängt mich schon seit Wochen, Dir zu schreiben. Wir haben von Eduard über Dich erfahren. Er erzählte, dass Du ihm aus Moskau geschrieben hast, an die Adresse, die er Dir mal im Lager genannt hatte. Aber wie ich Eduard wiedergefunden habe, das wirst Du nicht glauben.

Zum 15. Jahrestag des Sieges über den Faschismus wurde ich von unserer Werkszeitung interviewt. Sie haben Arbeiter gesucht, die sowjetischen Gefangenen geholfen hatten, also habe ich von Dir und unserer kleinen Feier 1943 erzählt. Als die Zeitung erschien, war hier eine Gruppe tschechischer Genossen zur Schulung. Einer von denen hatte sein Essen für die Rückreise in diese Zeitung gewickelt und so mein Interview gelesen. Darin erzähle ich natürlich auch von Eduard Hladik. Und dieser Tscheche, der da im Zug sitzt und sein Butterbrot isst, dieser Tscheche ist ein Nachbar von Eduard. Ich bekam im Herbst einen Brief von ihm, er schrieb mir, dass Du lebst, und in seinem zweiten Brief hat er mir Deine Adresse gegeben.

Lew, ich habe noch nie vor Froni geweint. Aber als ich las, dass es Dir gutgeht, dass Du sogar eine Familie hast, da konnte ich mich nicht zurückhalten. Alles kam hoch. Der Abend mit Dir, die Gespräche am Zaun, die Bomben, unsere Flucht ... dann die Erinnerungen an die zerstörten Baracken, das zerstörte HASAG-Werk.

Froni wollte schon Hilfe holen, bis sie sah, warum ich weinte. Dann weinten wir beide und am Ende lachten wir. Seitdem liegt sie mir in den Ohren, ich soll Dir schreiben. Aber ich konnte nicht, weil ich mich schuldig fühlte.

Als Else mit ihrem Mann zu Besuch war, haben wir ihr von Dir erzählt. Nach ein paar Tagen kam sie allein und brachte Deinen Ring mit. Seitdem liegt er auf meinem Schreibtisch und erinnert mich an Dich.

Ach, lass mich Dir noch was über den Ring erzählen. Nachdem er Else zu klein geworden war, trug sie ihn an einem Faden um den Hals. Einmal hat ein Bursche auf der Straße versucht, ihn ihr vom Hals zu reißen. Sie wehrte sich und schlug ihm die Nase ein. Sie kam mit einer geschwollenen Hand, Kratzern und Schürfungen nach Hause. Aber sie strahlte. Sie erzählte davon und strahlte. Natürlich haben wir gesagt, dass ihr Leben wichtiger ist als alles andere. Aber weißt Du was, ich bin stolz auf sie. Und dass sie so ist, das hat auch etwas mit Dir zu tun, Lew.

Dein Freund Erich.

Alexander legte den Brief auf den Tisch. Er sah, dass das Diktiergerät noch angeschaltet war. Es hatte in den letzten Minuten nur das leise Zugrauschen, das gelegentliche Klimpern der Teegläser und die Stille im Abteil aufgezeichnet.

»Wollen Sie essen?«, fragte er Lew. Es war früher Nachmittag. »Wenn Sie möchten, schaue ich, ob wir etwas Warmes im Restaurant bekommen.«

»Nein, ich esse ein paar Kekse und trinke Tee, mehr brauche ich nicht«, sagte Lew. »Gehen Sie, essen Sie etwas.«

Im Zugrestaurant rührte Alexander Schmand in den fetten Borschtsch und lauschte einer Gruppe von Männern am Nebentisch. Es waren Kohlearbeiter aus Workuta. Sie stritten darüber, welcher Schacht als nächstes geschlossen werden wird. Sie hatten einen ukrainischen Akzent und kamen wahrscheinlich vom Familienbesuch zurück. Den Winter werden sie unter der Erde verbringen, Kohle fördern, schlafen, Kohle fördern, schlafen ... bis sie im Frühling wieder für ein, zwei Monate zu ihren Familien fahren.

Alexander war froh, für einen Moment allein zu sein. Er notierte einige seiner Gedanken und versuchte, Lews Erzählungen durch Fragen zu ordnen. Wie ist Lew aus der deutschen Haft freigekommen? Wie kam er in die sowjetische Gefangenschaft? Wie ging es ihm, als er zu neun Jahren Gulag verurteilt wurde? Wann hatte Swetlana ihn besucht?

Das Tageslicht hinter den Fenstern schwand, ein grauer, durchsichtiger Schleier hüllte die Landschaft ein. Die Bahnhöfe, an denen sie hielten, waren klein, schlecht ausgeleuchtet, meist menschenleer. An einem von ihnen saß ein Kind auf einer Bank. Neben ihm stand rauchend ein Mann. Das Kind schlenkerte mit den Beinen, suchte am Zug entlang nach jemandem, stand auf, verschwand, kam an der Hand einer Frau wieder. Der Mann nahm der Frau wortlos eine Tasche ab, sie gingen davon, der Zug fuhr ab.

Die Weite des Landes schien die Zeit zu verlangsamen. Der Horizont bestand aus unzählbar vielen Grautönen. Das blaue Notizbuch lag auf dem Tisch, Alexander ließ es geschlossen.

Die Tür zum Zugrestaurant sprang auf, Maria, die Zugbegleiterin, rief Alexander zu: »Ihrem Bekannten geht es nicht gut.«

Alexander nahm die Unterlagen, eilte zum Abteil. Die Tür stand auf. Lew saß auf dem Boden. Es war kalt. Jemand hatte das Fenster geöffnet, vermutlich. Er atmete mit offenem Mund, rang nach Luft, aber der Atem wirkte flach, als würde die Luft nicht in die Lunge dringen. Seine Augen waren geschlossen.

»Lew, was ist mit Ihnen?«

Er öffnete die Augen, hob die Hand, zeigte auf den Mantel am

Fenster. Alexander fand in einer Manteltasche die Medikamentendose und reichte sie Lew zusammen mit einer Flasche Wasser. Seine Hände konnten beides nicht halten. Alexander nahm eine Tablette, Lew deutete ihm, sie zu teilen. Er zerbrach sie, reichte sie ihm, Lews zitternde Hand führte sie zum Mund. Dann hielt Alexander die Flasche an seine Lippen, er trank einen Schluck, einige Tropfen fielen auf sein Hemd, er atmete immer noch schnell und hielt sich die Brust.

»Wir halten in zwanzig Minuten, aber dort gibt es keinen Arzt. Die nächste Station mit medizinischer Hilfe ist noch Stunden weg«, sagte Maria. »Soll ich eine Durchsage machen, ob ein Arzt im Zug ist?«

Lew hob wieder die Hand, doch bevor er ein Zeichen machen konnte, bat Alexander Maria, nach einem Arzt zu fragen. Er war erst drei Tage mit diesem Mann zusammen und hatte mehr Unvorhersehbares erlebt, als in den vergangenen Jahren in Berlin. Er schwitzte. Er wusste nicht, was er tun, wie er helfen sollte.

Der alte Mann atmete immer noch schnell, hatte immer noch die Augen geschlossen, nichts deutete darauf hin, dass es ihm besser ging.

Sein Atem berührte Alexanders Gesicht. Er fragte sich, wie es für Lew gewesen war, zusammen mit vielen anderen Männern, ungewaschen, ungepflegt, manche verzweifelt, andere wütend, wochenlang in einem Güterwaggon eingepfercht zu sein, nicht wissend, wohin sie rollen, nicht wissend, was sie erwartet.

Alexander schwieg. Er setzte sich neben Lew, nahm seine Hand und hielt sie fest. Sie war feucht, kühl.

Maria kam mit einer Frau, um die 50 Jahre alt, sie stellte sich vor. Katja, Kinderärztin. Sie fühlte Lews Stirn, dann seinen Puls, fragte, ob er sie verstehe. Er nickte. Sie nahm die Medikamentendose vom Tisch und las die Beschreibung.

»Hat er Bluthochdruck?«, fragte sie.

»Lew, können Sie antworten?«, sprach Alexander ihn an.

Lew nickte.

Katja beugte sich zu ihm. »Haben Sie Bluthochdruck?«, Lew nickte erneut.

»Wie viele haben Sie gerade genommen?«

»Eine halbe Tablette«, antwortete Alexander für ihn.

Katja prüfte nochmals den Puls. Sie schaute auf die Uhr an ihrem Handgelenk und zählte Lews Herzschlag.

»Lassen Sie das Fenster geöffnet, legen Sie ihm nur etwas unten den Kopf. Eigentlich muss er ins Krankenhaus. Er müsste überwacht werden.«

Dann fragte sie Maria: »Haben Sie für den Notfall Nitroglyzerin?«

Maria verneinte. Sie stand neben ihnen, und Alexander hatte das Gefühl, dass sie genauso nervös war wie er.

»Wo finden wir Sie?«, fragte er Katja.

»Ich bin im Wagen hinter dem Restaurant. Aber vielleicht ziehe ich in diesen Wagen um. Ich bin sowieso allein, und hier sind doch bestimmt Abteile frei.«

»Das wäre kein Problem«, sagte Maria, »ich helfe Ihnen.«

»Ich kann ab und an schauen, wie es ihm geht. Nur richtig helfen kann ich ihm hier im Zug nicht.«

Sie prüfte wieder Lews Puls. »Schon besser. Er soll sich hinlegen, aber nicht ganz flach, schieben Sie ihm ein paar Kissen unter den Kopf.«

Sie gingen. Alexander blieb mit Lew allein. Der alte Mann atmete ruhiger, er öffnete die Augen, sah seinen Begleiter an. Er versuchte zu lächeln. Alexander atmete durch, erhob sich, half Lew vorsichtig auf, legte ihn auf das Bett, schob Kissen unter seinen Kopf und deckte ihn zu. Dann schloss er das Fenster zur Hälfte und zog seine Jacke an.

Wie lange er so saß, wusste er nicht mehr. Der alte Mann war eingeschlafen, ein Windzug bewegte die Blätter des Notizbuches, streifte über die Gesichter von Alexander und Lew. Schließlich wachte Lew auf.

»Geht es Ihnen besser?«

»Ja«, antwortete Lew kaum hörbar.

»Sind Sie ernsthaft krank?«

»Ich habe kein starkes Herz mehr. Und Bluthochdruck«, erklärte er ruhig, »aber so etwas hatte ich noch nicht. Vielleicht ist das die Aufregung. Jetzt fühle ich mich besser. Ich glaube, ich habe sogar Appetit.«

Es klopfte. Alexander öffnete, Maria schaute herein. »Sie haben uns einen Schrecken eingejagt«, sagte sie.

»Ich habe mich selbst erschrocken«, erwiderte Lew, »dabei haben wir noch einen langen Weg vor uns.«

»Um halb eins kommen wir in Uchta an, da gibt es ein Krankenhaus. Vielleicht steigen Sie dort aus«, schlug Maria vor.

»Nein, nein, machen Sie sich keine Sorgen. Bis Petschora schaffe ich es, da gibt es Ärzte.«

»Wie Sie wollen«, sagte Maria, »aber sterben Sie mir ja nicht hier, das verbiete ich Ihnen.«

Lew lachte: »Werde ich nicht, ich habe noch viel vor. Ein Freund wartet auf mich.«

Alexander schwieg.

Maria brachte Essen. Heringssalat mit roter Bete, Kartoffelpüree mit Boulette nach Kiewer Art und Brot. Lew aß nur den Salat, das Kauen schien ihn anzustrengen. Anschließend trank er schwarzen Tee, tunkte einen Haferkeks hinein, bis er zerfiel.

»Als wir durch Belarus und später durch Westrussland fuhren, da haben wir versucht zu raten, wo wir sind. Unser Zug hielt nur nachts in städtischen Bahnhöfen. Wenn er tagsüber halten musste, dann weit außerhalb von Siedlungen. Durch die Ritzen in den Holzwänden sahen wir, wie sich die Landschaft veränderte«, erzählte Lew. »Und wir sahen auch viel Zerstörung. Ich war ja den ganzen Krieg über gefangen gewesen; was der Krieg wirklich angerichtet hat, das habe ich erst verstanden, als ich die Ruinen der Städte sah. Und erst in den 80er Jahren begannen die Menschen, ehrlich über den Krieg zu reden. Die Schmerzen, die jede Familie spürte, die durften wir lange nicht zeigen. Sieger dürfen doch nicht leiden.«

»Wie sind Sie aus deutscher Gefangenschaft freigekommen?«, fragte Alexander.

»Mit mehr Glück als Verstand, anders kann ich das nicht erklären«, Lew lächelte. »Meinen Sie, wir können das Fenster schließen? Sonst sterbe ich noch an einer Erkältung.«

Alexander schloss das Fenster. Es wurde wärmer im Abteil und er spürte auf einmal, wie müde er war. Er ging zu Maria, kaufte löslichen Kaffee und brühte ihn mit dem heißen Wasser aus dem Samowar im Gang auf.

Lew wollte nichts trinken, er wollte erzählen.

»In dem Büchlein«, er deutete auf den Tisch, »da können Sie von meinem ersten Fluchtversuch lesen. Ist schiefgegangen. Ich bin nicht weit gekommen und wurde wieder zurück zur HASAG gebracht, es hat sich danach nicht viel geändert, das hat mich am meisten überrascht. Ich floh, als Eduard mehrere Tage nicht da war. Meine Flucht sollte nicht mit ihm in Verbindung gebracht werden. Als ich zurück war, besuchte er mich in der Zelle. Ich kann mich nicht erinnern, was er gesagt hatte. Aber unser Verhältnis hat sich nicht verändert, bis Eduard verlegt wurde. Später habe ich erfahren, dass er nach Norwegen gekommen ist. Die zweite, die erfolgreiche Flucht war schon gegen Kriegsende. Erfolgreich war sie, bis ich auf unsere eigenen Soldaten traf. Im Frühjahr 1945 war HASAG bombardiert worden. Amerikaner waren das, habe ich später erfahren. Jedenfalls wurde das Werk evakuiert. Wir mussten uns nachts auf dem Platz vor dem Hauptgebäude von HASAG versammeln, so ein großer Ziegelbau mit einem breiten Balkon über dem Eingang. Zwischen den Säulen standen Bewaffnete mit Hunden, auf dem Balkon das gleiche Bild. Uns wurde gesagt, dass wir sofort ausrücken. Viele wurden unruhig, in den Baracken waren unsere persönlichen Sachen, Bücher, Notizen, Kleidung, Kleinigkeiten, die wir heimlich gebastelt hatten. Wir marschierten sofort los. Wohin? Weshalb? Warum durften wir nichts mitnehmen? Wir marschierten die ganze Nacht durch. Es war etwa Mitte April, wir froren, waren müde. Aber die Wachen hetzten uns, in der Ferne hörten wir die Artillerie. Als die ersten von uns umfielen, wurden sie erschossen. Das ging alles so schnell, wir funktionierten wie Maschinen. Wer hinfiel und nicht sofort wieder aufstand, der war tot. Irgendwann merkte ich, dass ich noch Kraft hatte, ich beschloss im nächsten Waldstück zu fliehen. Wenn sie uns schon unterwegs erschossen, was würde uns am Ziel erwarten? Ich sprach Andrejew an, einen Gefangenen, zu dem ich ein gutes Verhältnis hatte. Er wollte nicht, er hatte Angst. Wir gingen weiter, dann sahen wir einen brennenden Wagen, Büsche und Bäume. Ich fragte ihn noch einmal, diesmal sagte er ja. Die Kolonne war lang, neben uns liefen keine Wachen. Auf der Höhe des Wagens sprangen wir in die Grube, in der er lag. Wir krochen hinter den Wagen, die Hitze war stark, aber wir hielten aus. Wir lagen, bis wir keine Schritte mehr hörten. Dann krochen wir in die Büsche, warteten dort eine Weile und liefen in den Wald. Wir hatten keine Orientierung, ahnten nur, dass es noch Vormittag war, und gingen

Richtung Nordwest. Wir hielten uns hinter den Bäumen, wollten nördlich von Leipzig nach Osten abbiegen. Aber ob wir Leipzig schon passiert hatten, das wussten wir nicht. Auf einer Landstraße sahen wir mehrere Militärfahrzeuge, erkannten, dass es keine Nazis waren, ließen sie auf uns zukommen, bis jemand rief: ›Drop your weapon!‹ Als ich das hörte, rief ich zurück: ›We have no weapon!‹ Dann fragte ein Soldat, der noch immer auf uns zielte, wer wir seien. ›Russians‹, antwortete ich. Er senkte sein Gewehr. Ich erklärte, woher wir geflohen waren. Sie ließen uns einsteigen und brachten uns in ein Dorf. Dort waren die Amerikaner, in einem Bauernhaus gab es noch andere geflohene Gefangene, Russen, Polen, Franzosen. Hier verbrachte ich meine erste Nacht in Freiheit. Wir hatten immer noch unsere Gefangenenkleidung an, aber ich war frei, schlief ruhig im Stroh und wachte auf, weil ein Hahn krähte und nicht, weil ein Nazi brüllte. Die Amerikaner waren freundlich. In diesem deutschen Dorf nicht weit von Eisleben hätte mein Leben eine ganz andere Wendung nehmen können.«

Lew hielt inne. Er atmete gleichmäßig, ruhig, tief. Alexander merkte, dass auch er sich wieder beruhigt hatte, und wartete, dass Lew weiter erzählte.

»Aber ich habe es nie bereut«, sagte Lew schließlich.

»Was bereut?«

»Die Entscheidung damals. Die Amerikaner haben uns russischen Soldaten erklärt, dass sie uns eigentlich festhalten und uns der Roten Armee übergeben sollen. Aber ein Offizier sagte, er pfeife darauf. Er ist ein freier Mann, und auch wir sollten freie Männer sein. Wir sollten selbst entscheiden, ob wir in den Westen gehen wollen oder nach Osten. ›Bei Euch zu Hause herrschen die Kommunisten, da seid ihr nicht frei‹, hat er gesagt. Andrejew ging tatsächlich in den Westen. Ich ging nach Osten.«

Der Zug hielt, Uchta. Katja, die Kinderärztin, klopfte und fragte, ob Lew nicht vielleicht doch hier in ein Krankenhaus gehen wollte. Aber Lew schüttelte den Kopf. »Nein, nein, mein Herz ist ruhig, alles funktioniert wieder normal.«

Alexander traute sich nicht, ihm zu widersprechen. Katja verabschiedete sich.

»Lassen Sie uns etwas schlafen, morgen wird ein aufregender Tag«, sagte Lew.

Sie lüfteten noch einmal, ein leichter Geruch von Kohle drang in ihr Abteil. Lew löschte die Nachtlampe über seinem Bett. Alexander nahm das blaue Notizbuch und blätterte zum Punkt 8: Smersch. Der Begriff ist eine Abkürzung und bedeutet *smert schpionam* – Tod den Spionen. So hieß der sowjetische Abwehrgeheimdienst im Zweiten Weltkrieg. Alexander las:

»Die Amerikaner hatten Eisleben im April eingenommen. Ich sah keine Kampfspuren, nur die Soldaten und die improvisierten englischen Verkehrshinweise erinnerten an den Krieg. Ich wollte zur Militärverwaltung und folgte den Hinweisschildern. Auf der Straße blieben Zivilisten stehen und schauten auf mich. Niemand sprach mich an, und auch ich wollte mit niemandem sprechen. Ich wollte nur meine gestreifte Gefangenenkluft loswerden. In der Militärverwaltung saßen amerikanische Soldaten ganz entspannt herum. Die Wachposten hatten ihre Gewehre auf dem Boden liegen. Der verantwortliche Offizier wunderte sich über mich. Ich war der erste russische Gefangene, der zurückwollte. Er befragte mich, notierte alles in einem Formular, wollte auch meine Qualifikationen erfahren und vergewisserte sich, ob ich nicht doch nach Amerika wolle. Dort würden Spezialisten gebraucht. ›*U was kommunism, net demokratii*‹, sagte er schließlich auf Russisch, ›bei euch herrscht Kommunismus, es gibt keine Demokratie.‹ Ich sagte, der Kommunismus in der Sowjetunion sei kein Kommunismus, und dass ich mit meinen Leuten genug Demokratie erlebe. Ich wollte nach Hause. Der Offizier verstand mich, auch er hatte irgendwo eigene Leute, Eltern, vielleicht Geschwister, eine Frau. Er nahm Geld aus einer Schublade, vermerkte das in einem Buch und gab mir einhundert Mark. Dann schrieb er etwas auf, rief einen Soldaten herein, gab ihm den Zettel und befahl, mich zum Bürgermeister zu führen. Der Bürgermeister war ein junger Mann, Kommunist, wie er sich mir erfreut vorstellte. Auch er wollte wissen, wie ich hierhergekommen war. Dann schickte er mich zu einem Haus, in dem Frauen Kleidung verteilten. Ein Schneider kürzte mir die Hosenbeine eines Anzugs, ich bekam noch ein Hemd, ein paar alte Schuhe mit einer erneuerten Sohle und ein Jackett. Auf der Straße schaute mir niemand mehr hinterher. Ich war ein freier Mensch. Auf Anweisung des Bürgermeisters bekam ich ein Zimmer im Goldenen Löwen, aber da blieb ich nur drei Tage. Als mehr Amerikaner kamen, musste ich in den Goldenen Schlüssel umziehen, das Hotel war etwas einfacher. Aber was sollte ich mich beschweren? Eine Woche vorher hatte ich noch auf einer Pritsche geschlafen, in Häftlingskleidung und keinen Gedanken an die Zukunft verschwendet. Nach einigen Tagen kamen mehr ehemalige Gefangene in die Stadt, Russen, Holländer. Wir freundeten uns an und trafen uns zum Essen. Ich wog damals höchstens vierzig Kilogramm und konnte nicht aufhören zu essen. Mit meinem Sonderausweis bekam ich in vier Lokalen kostenlose Mahlzeiten. Ich lief von einem Lokal zum nächsten. Das hielt einige Tage an, bis ich mich fragte, was ich da tue. Aber so ging es anderen auch.

Anfang Juni rief der amerikanische Bevollmächtigte uns Russen zu sich und erklärte, dass sie uns der Roten Armee übergeben werden. Wir freuten uns. Er wiederholte in strengem Ton auf Russisch

›net demokratii u was‹ – es gibt keine Demokratie bei euch. Jetzt, so viele Jahre später, kann ich sagen, dass er recht hatte. Aber er hatte auch Unrecht. Ich habe ein Leben gelebt, wie ich es wollte, nur nicht unter den Bedingungen, die ich wollte.

Am nächsten Tag brachten die Amerikaner uns in Lastwagen nach Torgau an der Elbe. Sie verabschiedeten sich, drückten uns die Hand, gaben uns Zigaretten und Schokolade und fuhren davon. Wir gingen über eine Brücke. In der sowjetischen Zone standen Soldaten mit Gewehren. Niemand grüßte, niemand sprach mit uns. Wir hörten nur Befehle: in eine Reihe, zu zwanzig Mann aufteilen, auf die Lastwagen ... und dann, bei Görlitz, wieder Stacheldraht, wieder Leibesvisitation, sie schnitten von meiner Kleidung alle Knöpfe ab, nahmen mir die Schnürsenkel weg und meine Papiere, und alles, was die Amerikaner uns geschenkt hatten. Natürlich wusste ich, dass nach Verrätern oder Spionen gesucht wurde. Aber warum verdächtigten sie uns alle?«

Alexander spürte wieder die Müdigkeit. Er schaute auf die Uhr, kurz nach eins. Nur noch vier Stunden bis Petschora. Er schloss das Notizbuch, schaltete das kleine Licht aus, hörte in der Dunkelheit, wie Lew atmete, und schlief ein.

TAG 4

Als ein Klopfen Alexander weckte, fühlte er sich schwer und erschöpft, als wäre er gerade erst eingeschlafen. Er öffnete die Tür, das Flurlicht blendete ihn.

»Es ist fünf Uhr, in zwanzig Minuten sind wir in Petschora«, sagte Maria. »Wollen Sie einen Tee?«

»Kaffee für mich und einen grünen Tee für ihn«, bat Alexander und deutete auf Lew, der noch schlief. Der Zug hielt gerade, aus dem Fenster war ein schlecht beleuchteter Bahnsteig zu sehen, auf einem Schild stand Koschwa.

Maria brachte Kaffee und Tee. Alexander machte das Licht über seinem Bett an, trank den Kaffee, packte die Notizbücher und sein Diktiergerät ein. Auf dem Tisch lagen noch die Briefe, die Lew ihm gegeben hatte.

Er weckte ihn. Lew wirkte verwirrt, sah sich um, setzte sich auf, schaute wieder zu Boden, wie am ersten Morgen ihrer Reise, als er von Primus sprach. Er atmete durch, nahm den Tee, schaute aus dem Fenster, und als erste mehrstöckige Häuser zu sehen waren, stand er auf und packte seinen Rucksack.

»Nehmen Sie die Briefe, die brauche ich nicht mehr«, sagte er. »Die sind für Sie jetzt wichtiger als für mich.«

Alexander blickte auf den kleinen Stapel, zögerte, doch als Lew ihn erneut nickend aufforderte, steckte er die Briefe in den Koffer.

»Danke«, sagte er.

»Nein, ich danke Ihnen. Ohne Sie wäre ich nicht hier.«

Der Zug hielt. Es schneite. Sie gingen zur kleinen Bahnhofshalle, wo Taxifahrer sie ansprachen. Es gab mehr Fahrer als Passagiere. Das Hotel Zentralnaja war etwa zweieinhalb Kilometer vom Bahnhof entfernt. 100 Rubel wollte ein Taxifahrer für die Strecke, keine drei Euro. Der Fahrer verstaute Alexanders Koffer im Kofferraum, Lew behielt seinen Rucksack bei sich, sie fuhren los. Nach dem gut beleuchteten Bahnhofsvorplatz kamen sie auf die dunkle Sowjetskaja Straße.

»Warum ist die Straßenbeleuchtung ausgeschaltet?«, fragte Alexander.

»Kein Geld«, sagte der Fahrer, »die Stadt spart.« Er fuhr langsam, wich Schlaglöchern aus und schwieg. Nach einigen Minuten bog er nach links ab, dann hielt er, stieg aus und lief einige Meter eine Straße nach rechts. Er kam zurück, stieg wieder ein und sagte: »Das Hotel haben sie restauriert, aber die Straße ist immer noch so beschissen wie früher. Idioten.« Der Wagen wippte von einem Schlagloch zum nächsten, für die hundert Meter zum Hotel brauchten sie noch weitere fünf Minuten. Der Fahrer trug den Koffer bis zum Eingang. Als Alexander bezahlte, gab der Fahrer ihm eine Visitenkarte. »Ruft an, wenn ihr einen Wagen braucht. Tag und Nacht.«

Sie gingen hinein. Am Empfang saß eine Frau, die offenbar gerade erst aufgestanden war. Sie gab ihnen den Zimmerschlüssel und fragte, wann sie frühstücken möchten.

»Von wann bis wann ist Frühstückszeit?«

»Sie sind die einzigen Gäste, wir richten uns nach Ihnen«, antwortete sie.

Alexander schaute Lew an, dieser sagte, er brauche eigentlich nichts. Es war kurz nach halb sechs. Alexander wollte schlafen, nahm an, dass auch Lew schlafen wollen würde. »Neun Uhr?«, schlug er vor.

»Wie Sie wollen«, antwortete Lew.

Sie gingen eine breite Treppe hinauf in den ersten Stock. Das

Haus wirkte riesig. Es musste Dutzende Zimmer haben, leere Zimmer. Alles schien neu, kitschig, dachte Alexander, aber neu, sauber.

Ihr Zimmer war schmal und lang. Zwei Betten standen hintereinander an einer Wand. Gegenüber waren drei hohe Fenster. Alexander packte aus, ging ins Bad, putzte sich die Zähne, und als er wieder rauskam, stand Lew am Fenster und starrte in die Dunkelheit. Noch bevor Alexander ihn ansprach, sagte er: »Dort war das Lager.«

»Wissen Sie, wo wir sind?«

»Das Hotel ist neu, aber an der Ecke, wo der Fahrer kurz hielt, steht das erste Gebäude aus Stein und Beton in der Stadt. Zu meiner Zeit war da drin die Lagerverwaltung. Unsere Fenster hier gehen nach Osten. Da vorne war das Lager, nur ein paar hundert Meter entfernt. Der Zaun war drei Meter hoch, aus Holz, Brett an Brett, kein Blick nach draußen, kein Blick nach drinnen. Stacheldraht, Wachtürme. Irgendwo waren die Latrinen. Wir durften hin, wenn wir mussten, aber es gab bestimmte Wege, die wir nicht verlassen durften. Einmal ging Jakowlew, ein Gefangener aus der Sägebrigade, nachts raus und wollte nicht zur Latrine laufen. Es war Winter, kalt. Er stellte sich irgendwo hin. Dann ein Schuss. Und Jakowlew war tot.«

Lew stand am Fenster. Nur das leise Rauschen im Heizungsrohr war zu hören. Alexander fragte sich, welche Geister in Lews Kopf gerade erwachten. Wessen Stimmen hörte er, wessen Gesichter sah er in der Dunkelheit?

»Am Morgen danach lag seine Leiche noch da. Die haben Jakowlew zwei Tage liegen lassen, damit wir ihn morgens und abends beim Abzählen sehen.«

Lew ging ins Bad, Alexander legte sich hin.

»Alexander ... Alexander, es ist schon nach neun Uhr«, hörte er eine Stimme. »Entschuldigen Sie, dass ich Sie wecke. Ich möchte meinen Freund nicht warten lassen.«

»Nein, nein, alles okay. Ich gehe nur kurz duschen.«

Als Alexander wieder rauskam, sah er, dass Lews Bett unberührt war. Lew trug dieselbe Hose, dasselbe Hemd und denselben Pullover wie am Vortag. Er stand wieder am Fenster.

Die Dunkelheit des frühen Morgens hatte sich in ein Grau verwandelt, schwere Wolken hingen über der Stadt. Alexander sah zweistöckige Häuser, aus den 1960er Jahren. Dahinter Garagen, die in der Sowjetunion oft am Rande der Stadtviertel gebaut wurden. Und hinter den Garagen erstreckte sich ein Feld mit neuen Gebäuden, Kuppeln, Kreuzen, die in den Himmel ragten.

»Da ist jetzt ein Kloster«, sagte Lew. »Israelitsch hatte mir davon berichtet. Es ist schon interessant: Wo früher der Staat Menschen gefangen hielt, ziehen sich jetzt Menschen freiwillig hinter Mauern zurück.«

Nach dem Frühstück rief Alexander den Taxifahrer an, der sie zum Hotel gebracht hatte. Sie mussten zu einem Haus in der Nähe des Bahnhofs. Sie fuhren die Sowjetskaja Straße in nordöstlicher Richtung, bogen nach Norden auf die Pionerskaja ab und mussten dort zum Haus Nummer eins. Als der Fahrer auf eine Nebenstraße fuhr, um zum Hauseingang zu gelangen, endete der Asphalt, der Wagen schaukelte sich durch schlammige Schlaglöcher. Der Fahrer fluchte wieder. »Für Denkmäler, die kein Schwanz braucht, geben die Geld aus, aber für Straßen ... Idioten.«

Das Haus Nummer eins war aus Holz, zweistöckig, besaß zwei Eingänge. Alle Fenster hatten neue, weiße Kunststoffrahmen. Sie passten nicht zu der alten, verwitterten Fassade.

»Ruft mich an, ich bin am Bahnhof«, sagte der Fahrer und schaukelte mit seinem Wagen davon.

Lew blickte sich um. Neben dem alten Haus aus Holz waren noch einige aus Beton, die etwas jünger wirkten, vielleicht 40 Jahre alt. Direkt neben ihnen stand ein kleiner viereckiger hölzerner Bau auf einem Steinsockel, halb verfallen. »Ein Brunnen«, sagte Lew.

Eine Tür wurde geöffnet. Ein Mann trat heraus. Er war etwa so klein wie Lew. Sein Gesicht wirkte kindlich, der Kopf ganz kahl, dunkle, fast schwarze Augen. Er stand da und lächelte. Lew hielt sich an Alexanders Unterarm fest, sie gingen langsam über den schneebedeckten Weg zum Hauseingang.

»Du hast mich sehr lange warten lassen«, sagte der Mann zu Lew. »Kommt rein.«

Sie stiegen einige Stufen hoch. Als sie die Wohnung betraten, fühlte sich Alexander Jahrzehnte zurückversetzt, in ein anderes Land, in eine andere Zeit.

Die Tapete im Wohnzimmer war beige, mit braunen gemusterten Streifen. Schwere, rote Gardinen dunkelten das kleine Schlafzimmer ab. Die Küchenwände waren mit matter Ölfarbe gestrichen. Ein alter, sowjetischer Kühlschrank, ein Tisch, ein Hocker, nur der Herd war neu.

»Jakow ist mein Name«, stellte sich der Mann vor und gab Alexander die Hand. »Aber alle nennen mich Israelitsch. Danke, dass Sie ihn endlich zu mir gebracht haben. Wie viele Jahre schon bitte ich ihn, dass er herkommen soll. Aber nein ... Lew, setz Dich, ich hole noch einen Stuhl.«

Als sie am Tisch saßen, fühlte sich Alexander wie ein Eindringling. Die alten Männer lächelten und schwiegen. Alexander stand auf und fragte, ob sie nicht lieber allein sein wollten.

»Nein«, widersprach Israelitsch, »Sie sind mein Gast. Aber Sie könnten für uns alle Tee machen, hinter Ihnen steht alles. Ich habe auch eine Suppe gekocht, aber es ist noch früh.«

»Wie lange ist es her?«, fragte Lew.

»Keine Ahnung«, antwortete Jakow Israelitsch, »97 war ich bei Euch, während der Krise. Da kam ich ja nicht weg, weil der Fahrschein plötzlich so viel kostete wie meine ganze Monatsrente.«

»Den ganzen Sommer warst Du bei uns, auf der Datscha. Die Krise hat uns einen ganzen Sommer zusammen geschenkt, schön war das.«

»Dass Swetlana vor Dir geht, Lew, das hätte ich nicht gedacht. Sie war so stark, so lebendig.«

»Ja, jetzt muss sie wieder auf mich warten.«

Die Männer lachten.

»Wann waren Sie denn das letzte Mal hier?«, wandte Alexander sich an Lew.

»1954. Mitten im Sommer kam ich frei. Etwas früher als es laut meiner Bestrafung vorgesehen war. Nach Stalins Tod hatte sich einiges geändert, viele Fälle wurden überprüft, Untersuchungshaft wurde angerechnet, gute Führung, besondere Verdienste. Seit dem Sommer 54 war ich nicht mehr hier.«

Alexander war irritiert. Lew hatte doch von Freunden im Lager erzählt, von lebenslangen Freundschaften.

»War es schwer für Sie herzukommen?«, fragte er Lew.

»Es ist für alle schwer«, sagte Israelitsch, »auch für die, die hier geblieben sind.« Nach einer kurzen Pause fügte er hinzu: »Was habe ich dich um Swetlana beneidet, Lew. Du warst ein richtiger Glückspilz. Als sie das erste Mal kam, da wusste ich, dass du es schaffen wirst. So eine Frau.« Israelitsch wandte sich Alexander zu: »Hat er Ihnen von ihr erzählt? Sie war eine Heldin. An all die Frauen von den Gefangenen, na, und auch an die Männer von den gefangenen Frauen, also die Partner, sozusagen, an die wird viel zu wenig gedacht. Was haben sie uns geholfen. Essen, Kleidung, Medikamente, ohne ihre Pakete hätten wir gar nicht überlebt.«

Alexander nahm sein Diktiergerät heraus, fragte Israelitsch, ob er ihr Gespräch aufzeichnen dürfte.

»Was erforschen Sie eigentlich? Lew hat gesagt, dass Sie Historiker sind, was wollen Sie denn über Petschora wissen?«

»Ich will mehr darüber erfahren, wie die Lagerinsassen mit ihren Angehörigen kommuniziert haben, welche Rolle sie für das Lagerleben spielten, wie sie Ihnen halfen und wie Sie das alles überstanden haben.«

»Was blieb uns denn allen übrig? Aber nehmen Sie auf, was Sie wollen. Wer braucht schon unsere Geschichten?«, sagte Israelitsch.

Lew und Israelitsch versanken in ihren Erinnerungen, zählten auf, wer noch lebte, wer schon tot war, wer hier geblieben und wer weggezogen war.

»Lebt Jegor Serow noch in der Stadt?«, fragte Lew.

»Ich weiß es nicht, ich sehe immer weniger Leute von damals«, sagte Israelitsch. »Schade, dass er Dir nie geantwortet hatte, war ein Guter.«

Alexander hörte zunächst zu. Als er nicht mehr folgen konnte und sie beim Gespräch nicht unterbrechen wollte, überließ er die Männer sich selbst und ging ins Wohnzimmer.

Die Wohnung war klein, keine vierzig Quadratmeter. Ein Bücherregal hing über dem Wohnzimmertisch, ausgebleichte Buchrücken. Staub und tote Fliegen auf dem Regal. Alexander zog einige Bücher heraus, ein paar Klassiker, ein paar andere Autoren, die er nicht kannte, ein Band der großen Enzyklopädie aus der Zeit vor der russischen Revolution. Und viele Bücher, die vor 1940 erschienen waren. Gegenüber, über dem Sofa, schwarz-weiße Fotografien. Auf einigen Bildern war Lew, mal zusammen mit anderen Männern, mal allein im Labor. Auf einem Bild war eine junge Frau abgebildet. Sie steht vor einem kleinen Haus, das aus der Erde zu wachsen scheint, eine *Semljanka*. So hießen die einfachen Häuser, die Zwangsumgesiedelte, Verbannte und Arme in den Weiten Russlands gebaut hatten. Sie gruben ein knietiefes Loch in die Erde, formten mit Brettern in V-Form ein Dach darüber, legten Erde und Gras darauf. Es reichte, um nicht zu erfrieren.

Die Frau auf dem Bild hält in ihrer rechten Hand einen Koffer, hat einen Rucksack auf dem Rücken, trägt einen dicken schwarzen Mantel, leichte Schuhe, die Haare sind zum Zopf geflochten. Sie lächelt. Es ist Swetlana.

Alexander erkannte sie dank der Bilder in Lews Wohnung, ihr Gesicht hatte sich verändert, doch die Augen waren unverkennbar die gleichen. Er nahm das Bild von der Wand und trug es in die Küche, wo die Männer gerade lachten. Er setzt sich zu ihnen, wartete kurz und legte das Bild auf den Tisch. Lew nahm es in die Hand. Er wischte den Staub von der Glasplatte.

Alexander wartete einige Momente. Die Männer schwiegen. Schließlich fragte Alexander vorsichtig: »Wann war das?«

»Oktober 1947«, sagte Israelitsch, »sie steht vor meinem Haus in Koschwa.«

»Sie waren kein Gefangener?«

»Doch, ich war einer der ersten Gefangenen hier. Nach der Haft durfte ich Petschora aber nicht verlassen, nach der Haft bekamen viele eine zweite Strafe, nur hieß sie nicht Haft, sondern Verbannung. Und statt auf dem Lagergelände lebten wir in der Nähe der Lager. Als nach Stalins Tod die Verbannung aufgehoben wurde, da hatte ich hier schon eine Frau gefunden. Wir blieben. Die Stadt wuchs, junge Menschen kamen, freiwillig, sie wollten hier etwas aufbauen. Das Straflager wurde Ende der 50er aufgelöst. Viele von der Lagerverwaltung verließen die Stadt. Alles fühlte sich leichter an. Und ich hatte keine Verwandten mehr irgendwo anders. Ich bin aus der West-

Ukraine. Der Gulag hatte mich vor den Nazis gerettet. So könnte man das sehen. Hier war ich politischer Gefangener wie die anderen. Jude oder nicht Jude, das kümmerte hier niemanden. Als ich nach dem Krieg an die alte Adresse schrieb, kamen die Briefe zurück. Kein Empfänger. Meine Eltern waren tot. Und hier hatte ich meine eigene Familie. Also blieb ich.«

»Sie haben aber damals noch im Lager gearbeitet?«

»Ich habe im Labor des Lagers gearbeitet, war aber kein Gefangener mehr. Das Labor gehörte zum Kraftwerk, dort haben Lew und ich uns kennengelernt, und er hat mich gebeten, Swetlana zu treffen«, erklärte Israelitsch. »Damals war Koschwa die Endstation für zivile Reisende. Es gab zwar noch eine Verbindung weiter nach Norden, aber die war als geheim eingestuft. Da fuhren Züge mit Gefangenen hoch und mit Kohle aus Workuta wieder runter gen Süden. Petschora selbst war noch keine zivile Stadt, es war ein sogenannter Lagerpunkt mit einer Siedlung daneben.«

»War das Swetlanas erster Besuch?«, Alexander deutete auf das Bild.

»Ich war dagegen, dass sie mich besucht. Sie hatte keine Genehmigung dafür«, erzählte Lew. »Sie wollte die Erlaubnis beantragen, aber ich hatte Angst, dass das abgelehnt wird. Ich war noch nicht lange hier, ich wusste noch nicht, wie das läuft. Aber Swetlana hörte nicht auf mich. Hat sie nie gemacht. Und in einem Brief schrieb sie, dass sie kommt. Da hatten wir schon mit Hilfe von Israelitsch korrespondiert. Damals kamen in diese Gegend zwei, maximal drei Züge pro Woche. Israelitsch wartete auf dem Bahnsteig, sie kam gleich mit dem ersten Zug Anfang Oktober.«

»Ich weiß nicht mehr, um welche Uhrzeit der Zug ankam«, versuchte sich Jakow zu erinnern. »Ich habe am Gleis gewartet. Dann fuhr der Zug ein, Passagiere stiegen aus, schwärmten Richtung Stadt davon, eine junge Frau blieb übrig. Swetlana. Im Labor haben wir vorher besprochen, wie wir das Treffen organisieren. Lew konnte ja nicht raus, also musste sie ins Lager rein.«

»Was haben wir da nur gemacht?«, rief Lew aus. »Das würde ich mich heute nicht trauen. Das war ja noch unter Stalin.«

»Ach, heute! Du bist alt, Lew. Du hast vergessen, was wir damals alles gemacht haben. Sie müssen wissen«, wandte Israelitsch sich an Alexander, »dass die Lager nicht vollständig von der Außenwelt abgeriegelt werden konnten. Die in Moskau waren dumm. Sie haben uns erst in die Lager gesteckt, dann als Verbannte neben den Lagern angesiedelt und weiter im Lager arbeiten lassen. Dann haben Gefangene wie Lew mir ihre Briefe gegeben, ich habe diese als Nicht-Gefangener mit der ganz normalen Post verschickt. Und wenn ein Freigelassener wegzog, dann hielten wir den Kontakt per Post. Außerdem wurden Gefangene ständig verlegt, die Verwaltung dachte, so könnte sie verdächtige Netzwerke von politischen Gefangenen oder von Kriminellen zerschlagen. In Wirklichkeit baute sich aber so erst recht ein ganzes Netz von Flüsterpfaden über den ganzen Archipel Gulag auf, wie Solschenizyn es genannt hat. Die ganze russische Mafia von heute ist ein Produkt der Lager, wenn Sie mich fragen. Das haben die da oben viel zu spät kapiert. Die dachten ernsthaft, dass sie uns mit ihren Losungen und ihrer Gewalt in Kommunisten verwandeln. Dumm waren sie.«

»Es gab ja auch viele Kommunisten unter uns«, sagte Lew, »Paschka Gorkin, erinnerst du dich noch?«

»Oh ja, ein armer Teufel. Er kam 44 oder Anfang 45 ins Lager, noch vor Lew. Blutjung, 17 oder 18 vielleicht, war ein Soldat, die Faschisten haben ihn gefangengenommen, er konnte fliehen und wurde dann von Unsren ins Lager gesteckt. Er hat Briefe geschrieben an das oberste Militärgericht in Moskau, sogar an Stalin persönlich.

Und dann haben sie ihm noch zehn Jahre draufgebrummt. Einfach so, damit er nicht nervt. Den haben sie Ende der 40er verlegt. Wohin, haben wir nie erfahren. Das war schrecklich, diese ständige Angst, dass man verlegt werden könnte. Alle hatten diese Angst.«

»Wie konnten Sie denn Swetlana wiedersehen? Was war Ihr Plan?«

Lew blickte lange auf das Bild seiner verstorbenen Frau. Sie war ein großes Risiko für ihn eingegangen.

»Verrückt war das damals. Das war alles verrückt. Was haben wir nur gemacht?« Lew atmete durch, nahm das Bild in beide Hände und erzählte. »Das Lager bestand aus mehreren Zonen. Nicht alle Gefangenen durften sich in allen Zonen bewegen. Zu unserem Kraftwerk und zum Labor daneben hatten nur wir Zugang, eine kleine Mannschaft, keine zwanzig Mann. Wir durften durch verschiedene Zonen hindurch, auch zu den Verwaltungsbaracken, wenn wir was Technisches klären mussten. In der Verwaltungszone gab es Häuser für die Angestellten. Die lebten hier ein oder zwei Wochen und hatten anschließend einige Tage frei. Diese Arbeiter bekamen Besuch von ihren Frauen und Familien. Ich hatte ein gutes Verhältnis zu einigen Leuten von der Verwaltung, manche waren selbst ehemalige Gefangene. Mit einem habe ich dann ausgemacht, dass er Swetlana als seine Frau empfängt. Er war ein guter Mann, nur leider ein Trinker, ich habe ihm aus dem Labor selbstgebrannten Schnaps aus Birkenrinde besorgt. In seinem Zimmer sollten Swetlana und ich uns treffen, Israelitsch sollte sie zu ihm bringen, an den Wachen am Lagereingang vorbei.«

»Das war ein guter Plan, bis ich mit Swetlana am Eingang stand«, sagte Israelitsch und lachte. »Ich kam also mit Swetlana direkt von Koschwa hierher, wir waren einige Stunden zu Fuß unterwegs. Im Oktober liegt da schon gut Schnee. Aber es war kalt. Ich sah die

Wachleute und sagte Swetlana, sie solle so tun, als kenne sie sich hier aus. Wir grüßten und hielten gar nicht an, wollten schnell durch. ›Halt‹, schreit einer, ›wer ist das?‹ ›Ehefrau von dem und dem‹, sage ich, ›er arbeitet, ich soll sie zu ihm bringen‹, sage ich, aber der zu mir: ›Er soll selbst kommen.‹ Ich schaue Swetlana kurz an, dann sage ich zum Wachmann: ›Gut, ich hole ihn‹, lasse Swetlana stehen, laufe rein. Wie hieß er noch mal, Lew, weißt du's noch? Teufel noch mal, na egal. Ich zu ihm ins Zimmer, der liegt auf seinem Bett, schnarcht, es riecht nach Alkohol. Ich reiße das Fenster auf, wecke ihn, er kann sich kaum auf den Beinen halten, ich ziehe ihm den Mantel an, eine Mütze und bringe ihn zur Wache. Der Mann versteht nicht, was los ist. Ich habe Angst, dass jetzt alles auffliegt, dass er nicht den Mund halten kann. Aber Swetlana … Lew, deswegen sage ich, dass Du ein Glückspilz bist! Swetlana jedenfalls sieht uns, versteht alles sofort und schreit los: ›Du Säufer, du Hund, schon wieder bist du besoffen, kannst nicht mal deine Frau nüchtern treffen! Ich schleppe dein Fressen und deine Wäsche hierher, und du säufst!‹ Und es funktioniert. Der Wachmann will keine Aufregung, sagt, sie soll sich beruhigen, aber Swetlana schreit weiter, lauter, schreit den Wachmann an: ›Wie soll ich mich beruhigen bei so einem Säufer als Ehemann? Er bringt mich noch ins Grab!‹ Da sagt der Wachmann: ›Geht, geht ins Haus, dass hier Ruhe ist, sonst schmeiße ich euch alle raus.‹ Und Swetlana hakt ihren sogenannten Ehemann von der anderen Seite unter, wir schleppen ihn in sein Zimmer zurück, er fällt aufs Bett und schläft wieder ein. So ist Swetlana reingekommen.«

Alexander schenkte Tee nach. Die alten Männer tranken und lächelten sich an.

»Ich wusste zu dem Zeitpunkt noch nicht, dass sie schon da war. Ich habe ganz normal meine Schicht im Kraftwerk gemacht«, erzählte Lew, »und dann kam Israelitsch, strahlte und sagte, dass Swetlana auf mich wartet.«

Er hielt inne. Nur das Ticken der alten Uhr an der Küchenwand war zu hören.

»Sechs Jahre haben wir uns nicht gesehen. Und dann war sie da. Ganz nah. Und ich traute mich nicht zu ihr. Ich sah Israelitsch an und spürte, dass ich Angst hatte. Jahrelang hatte ich mir nicht erlaubt, an Swetlana zu denken. Dann unsere ersten Briefe nach dem Krieg, erste Hoffnung, dass wir eines Tages vielleicht doch zusammen sein können ... Sie gaben mir Kraft, sie nährten meine Fantasie, dass ein anderes Leben möglich ist. Aber als diese Fantasie Wirklichkeit wurde, da bekam ich Angst. Was ist, wenn sie mich nicht mehr will? Ich war ein anderer Mensch geworden, ich habe Dinge gesehen, die kein Mensch sehen sollte, die mich bis heute im Schlaf quälen. Ich hatte kaum noch Haare auf dem Kopf, war abgemagert, war nicht mehr der Student, der ihr das Fahrradfahren beibrachte, mit ihr an der Moskwa spazierte, ihr Liebesbriefe schrieb. Ich war offiziell ein Verräter und Gefangener meiner eigenen Heimat.«

»Ich musste ihn überreden, endlich zu ihr zu gehen«, sagte Israelitsch. »Er stand da wie eine Statue. Andere Männer klopften ihm auf die Schulter, freuten sich für ihn. Er ging in seine Baracke, wusch sich, dann begleitete ich ihn zum Zimmer des Arbeiters. Er stand vor der Tür, bis ich sie für ihn öffnete. Wir mussten noch besprechen, wann ich Swetlana wieder rausbringe. Aber er stand da wie eine Statue.«

»Was haben wir da nur gemacht«, wiederholte Lew, »es hätte alles schief gehen können.«

»Ja, hätte«, sagte Israelitsch, »ist es aber nicht. Ich habe dann die Tür noch weiter aufgemacht. Swetlana saß am Tisch. Dann bin ich gegangen, habe nur gesagt, dass ich in einer Stunde zurückkomme, dass wir klären müssen, wie ich sie rausbringe.«

Jetzt schwiegen Lew und Israelitsch.

Alexander stellte sich die Szene vor. In einem Holzhaus auf dem Lagergelände, umgeben von einem hohen Zaun und Wachtürmen, von denen scharf geschossen wird, treffen sich Lew und Swetlana wieder. Sie sitzt am Tisch, Lew steht in der Tür, und im Bett liegt ein besoffener Lagerarbeiter und schläft.

Alexander spürte eine innere Unruhe, die er sich nicht erklären konnte. Er stand auf, ging wieder in der Wohnung umher, Lew und Israelitsch nickten ihm freundlich zu. Er blickte im Wohnzimmer aus dem Fenster, ein Innenhof, zugeschneit. Importierte Autos auf den Bürgersteigen, ein Sportplatz, dahinter ein Holzhaus, wie das, in dem er sich befand, aber ohne Fenster, halb verfallen. Er versuchte sich Lew im Lager vorzustellen, Swetlana am Eingang zum Lager, Israelitsch und die Wachen, er dachte an die Briefe. Er versuchte sich diese Stadt vor siebzig, achtzig Jahren vorzustellen: nur ein-, zweistöckige Holzbauten, Sümpfe, Schlamm, unbefestigte Straßen, Kiefern- und Birkenwälder. Und in all dieser Wildheit tausende Menschen in wattierter, blaugrauer Häftlingskleidung; Gefangene, die Sümpfe trockenlegen, Bäume fällen und die Stämme mit Pferdewagen umherziehen, Schienen verlegen, die Toten in Massengräber legen. Und trotz all dem hoffen. Träumen. Lieben.

»Alexander, wollen Sie was essen?«

Israelitsch lockte ihn wieder in die Küche.

»Ich habe eine Hühnersuppe gemacht, viel kann ich nicht«, sagte er. »Ich bin Fotograf, kein Koch.«

»Sind die Bilder an der Wand von Ihnen?«, fragte Alexander.

»Ja, ich war sozusagen der Lagerfotograf, habe für die Verwaltung fotografiert, die Fußballmannschaft im Lager, die Theatergruppe, die Gefangenen, alle, die das Papier und die Chemikalien bezahlen konnten. Vor der Gefangenschaft hatte ich ein eigenes Fotoatelier, im Lager habe ich als Feinmechaniker gearbeitet und nur in meiner Freizeit fotografiert.«

»Die alten Bücher im Regal sind von vor dem Krieg, sind die aus Ihrer Familie?«

»Nein, die sind aus der Lagerbibliothek. Wir hatten da viel zu lesen, ohne Bücher wäre es im Winter noch schrecklicher gewesen. Nachdem das Lager geschlossen wurde, landeten viele Bücher auf der Müllhalde. Ich habe einige mitgenommen, andere sind im historischen Museum. Jedes Buch hat mal einem Häftling gehört. Die wurden uns abgenommen, und wenn die Lagerverwaltung sie nicht als antikommunistisch einstufte, kamen sie in die Bibliothek. Ich wollte nicht, dass die Bücher verloren gehen. In manchen stehen Namen und Adressen von ihren Besitzern.«

Israelitsch wärmte auf dem Herd in einem verbeulten Aluminiumtopf die Hühnersuppe auf. Aus dem Kühlschrank holte er gekochte dünne Nudeln, verteilte sie auf die Teller und goss die Suppe drüber. Die Bouillon dampfte, glänzte fett und golden. Alexander wartete, bis die beiden Männer zu essen anfingen und griff dann selbst zum Löffel. Die Männer tunkten dicke Brotscheiben in die Suppe, sie aßen schweigend.

Nach dem Essen half Alexander beim Abräumen. Israelitsch wischte mit einer Hand die Brotkrumen vom Tisch, fing sie mit der anderen Hand auf, öffnete ein kleines Küchenfenster und streute sie auf eine schmale, oval geformte Platte, die am Fensterrahmen befestigt war.

»Ich kann das nicht wegwerfen«, sagte er.

»Du und Deine Vögel«, griff Lew die Bemerkung auf, »schon im Lager hat er die Vögel gefüttert. Am Fenster unseres Labors hat er auch so eine Futterstelle befestigt. Das hat den Kater verrückt gemacht. Er saß drin am Fenster und draußen vor seiner Nase schwirrten die Spatzen umher. Der arme Wassiljitsch war ganz aufgeregt, ständig flatterte Futter vor seiner Nase.« Die Männer lachten.

»War es erlaubt, Tiere zu halten?«, fragte Alexander.

»Erlaubt oder nicht«, antwortete Lew, »der Laborleiter Strelkow hatte einen Kater. Strelkow war wichtig für das Lager. Ein ungeheuer gebildeter Mensch, Chemiker, Botaniker, Ethnologe ..., was er nicht alles wusste. Ohne ihn hätte das Werk nicht funktioniert, er hat im ganzen Land Industriezentren aufgebaut, war im Planungsministerium in Moskau, bis er sich da mit jemandem zerstritten hat und ins Lager kam. Es war sein Kater, ein schönes, schwarz-weißes Tier.«

»Und weißt Du noch, wie er euch gerettet hat?«, fragte Israelitsch.

»Na und ob.«

»Wen gerettet?«, fragte Alexander nach.

»Uns, im Labor. Im Lager waren auch Kriminelle, schwere Jungs, Banditen, die sich nicht an die Regeln hielten, die eigene Gesetze hatten, sogar eine eigene Mode, die sich weigerten zu arbeiten«, erzählte Lew. »Im Labor gab es Alkohol, wir haben den für unsere Arbeit gebraucht und natürlich auch für die eigenen Bedürfnisse. Wie soll man auch ohne? Wassiljitsch, der Kater, saß, wie gesagt, am Fenster, aber wenn ein Mensch zum Labor kam, sprang er runter. Er war unsere Alarmanlage. So auch eines Tages, Strelkow schaute aus dem Fenster, sah, dass drei Banditen kamen. Als sie die Tür aufrissen, stellte Strelkow sich ihnen in den Weg. Er hielt einen Lappen in einer Hand und eine Laborflasche in der anderen, er warf ihnen den Lappen vor die Füße und schüttete ein paar Tropfen aus der Flasche drauf. Die Säure zersetzte den Lappen, brannte Löcher in den Boden. Strelkow warnte die Banditen, dass er das ihnen ins Gesicht spritzt, wenn sie nicht sofort gehen. Dann kam Lilejew, mein Freund aus Leningrad, ein Riese. Er zertrümmerte einen Hocker und stellte sich mit einem Stück Holz in der Hand neben Strelkow. Die Banditen zögerten kurz, dann kehrten sie um.«

»Kam so etwas oft vor?«, fragte Alexander.

»Nein, nein. Eigentlich durften die Banditen gar nicht in unsere Zone, da hatten sie wohl was mit einem Wachmann gedreht. Und dann gab es eine Vergewaltigung, die haben die Frau eines Verwaltungsarbeiters abgepasst, sie ist fast gestorben. Danach wurden die Banditen verlegt. Und dann war Ruhe im Lager.«

Lew lehnte sich gegen die Küchenwand, öffnete den obersten Knopf seines Hemdes. »Israelitsch, kann ich mich hinlegen?«, fragte er.

»Natürlich, natürlich, nimm das Sofa.«

Alexander half ihm hoch. Im Wohnzimmer bat Lew um seine Tabletten aus der Manteltasche. Er nahm eine halbe ein und legte sich hin.

»Ich glaube, er hat die letzte Nacht kaum geschlafen«, sagte Alexander, als er mit Israelitsch in der Küche saß und Tee trank.

»Wahrscheinlich machen ihn die Erinnerungen unruhig. Das ergeht vielen so, die zurückkommen. Vieles, was zum Lager gehörte, ist nicht mehr da. Aber manche Gebäude stehen noch, die Straßen sind geblieben, die Gräber. Sie sind doch im Zentralnaja Hotel untergekommen, von da aus sieht man den Schornstein vom alten Kraftwerk. Und die Baracke am Lagereingang steht auch noch. Die ist nach der Schließung des Lagers als Verwaltungsgebäude für das Holzwerk genutzt worden. Das alte Krankenhaus ist noch da, sogar das Haus des Lagerleiters. Nachdem er weggezogen ist, lebten dort normale Leute. Lange war es für mich schwer, an diesen Orten vorbeizugehen. Aber die Erinnerungen verlieren ihre Kraft, sie wühlen mich nur noch selten auf. Es kamen ja auch andere Zeiten, schöne. Meine Frau und ich haben einen Sohn großgezogen, er arbeitet jetzt in St. Petersburg, ist Computerexperte. Ihm geht es gut, er hat selbst Kinder, das ist doch das Wichtigste.«

»Ist Ihre Frau verstorben?«

»Ja. So weit von großen Städten entfernt, haben wir hier zu wenige Ärzte, keine Spezialisten. Dascha hatte eine Geschwulst am Hals. Wir wussten, dass es Krebs ist, aber wo hätten wir den behandeln lassen können? Kostja, mein Sohn, wollte noch eine Behandlung in St. Petersburg organisieren, aber nach den ersten Untersuchungen wurde klar, dass es zu spät war. Es ging sehr schnell, ich konnte nichts für sie tun, außer ihre Hand zu halten. Es war furchtbar, diese Machtlosigkeit ... Wie lange bleiben Sie?«, wechselte Israelitsch das Thema.

»Wir müssen in vier oder fünf Tagen zurück, mein Rückflug ist schon gebucht.«

»Hat Lew nicht mit Ihnen gesprochen?«

»Worüber?«

»Er fährt nicht zurück.«

Alexander sah Israelitsch schweigend an. Im Fenster hinter ihm schwand das Tageslicht. Es war gegen drei Uhr am Nachmittag, die lange Nacht zog herauf.

»Er hat mir nichts gesagt. Will er bei Ihnen bleiben? Er hat doch gar nichts dabei, nur einen Rucksack.«

»Sprechen Sie mit ihm«, sagte Israelitsch, »Lew hatte schon immer eigene Pläne.«

Um kurz nach vier Uhr am Nachmittag war es dunkel draußen. Manchmal durchschnitt das Scheinwerferlicht eines Autos die Landschaft hinter dem Küchenfenster.

»Ich weiß nicht, ob ich die Dunkelheit hier aushalten könnte«, sagte Alexander.

»Können Sie«, widersprach Israelitsch ohne zu zögern, »Sie ahnen gar nicht, was ein Mensch alles aushalten kann.«

Alexander hatte solche Aussagen bei seinen Interviews immer wieder gehört. Und immer wieder sagten die Überlebenden, dass sie dankbar waren.

Tatjana Lasarenko etwa. Sie kehrte jedes Mal im Gespräch zu den Kriminellen zurück. »Die leben in einer eigenen Welt, nur im Lager konnte ich diese Menschen kennenlernen«, hatte sie wiederholt gesagt. Sie und ihre Freunde, die, die überlebt hatten, wurden nach Stalins Tod rehabilitiert. Lasarenko zog wieder zu ihren Eltern nach Moskau. Alexander hatte sie Anfang der 2000er Jahre mehrmals gesprochen. Die Frau hatte Diabetes, sie war nicht mehr gut auf den Beinen, hatte um ihren Sessel herum alles aufgebaut, was sie brauchte: Wasserkocher und Teebeutel auf einem Tischchen, die Fernbedienung für den Fernseher, ein Regal mit Büchern stand in Griffnähe, eine Stehlampe.

Die Tür zu ihrer Wohnung war nie abgeschlossen. Und während eines Gesprächs kam ein Mädchen in die Wohnung, zwölf, vielleicht dreizehn Jahre alt. Das Mädchen weinte, erzählte vom Vater, der sie bedrängte, von der Gewalt in der Familie. Lasarenko hörte zu, dann bat sie das Mädchen einkaufen zu gehen, gab ihr Geld und Einkaufsbeutel. »Da ist auch genügend für ein Eis für Dich«, rief sie ihr nach. Als sie wieder allein waren, erzählte Lasarenko, dass die Eltern des Mädchens Alkoholiker seien, dass das Mädchen keine Großeltern habe. »Ich kann doch meine Tür nicht vor ihr versperren, sonst kann sie nirgendwohin.«

Als in den 90er Jahren die Kriminalität stark zugenommen hatte in Moskau, hatte Lasarenko sich geweigert eine Doppeltür einbauen zu lassen. »Vor wem soll sie mich schützen?«, fragte sie. »Das Lager hat mir alle Ängste genommen.« Auch dafür sei sie dankbar.

Israelitsch setzte wieder Teewasser auf und fragte Alexander noch einmal, was er denn genau erforschen wolle.

Alexander erzählte von seinem Besuch in Auschwitz, von der Resilienzforschung, vom Versuch zu verstehen, warum manche Menschen psychisch widerstandsfähiger sind als andere.

»Wissen Sie, was ich interessant finde«, unterbrach ihn Israelitsch, »dass jemand sich überhaupt solche Fragen stellt. Warum?«

»Um Menschen zu helfen. Kriege hören nicht auf, es gibt neue Terrorregime ... Wenn wir verstehen, was Menschen hilft zu überleben und den Mut nicht zu verlieren, was ihnen hilft, um zu heilen ...«

»Ja, vielleicht«, unterbrach Israelitsch erneut, »vielleicht kann man Menschen helfen, dass sie wieder Lebensmut schöpfen, wenn sie all das Schreckliche überlebt haben. Aber das wichtigste Wort hier ist ›wenn‹ – *jesli.*« Israelitsch wiederholte und betonte das Wort. »Viele, die in den Lagern gestorben sind, waren sehr stark. Sie hatten Kraft, halfen anderen, hielten lange durch. Aber niemand ist auf Dauer stärker als die Kälte, der Hunger, die Krankheiten. Viele waren so lange stark, bis sie erfuhren, dass ihre Frau sie verlassen hat oder gestorben war oder ein guter Freund aus dem Lager verlegt wurde. Stark waren wir nur, wenn andere uns stärkten und wir sie. Wer einsam war ... starb.«

Stille.

»Aber wer weiß, wozu das gut ist«, sagte Israelitsch und atmete tief aus, »forschen Sie nur, forschen Sie. Als ich so alt war wie Sie, bestimmten andere über mein Leben, Sie können selbst über Ihr

Leben bestimmen. Hören Sie nicht auf mich. Ich bin froh, mein Leben gelebt zu haben, aber würde ich es mir noch einmal so wünschen? Nein, nein, das würde ich nicht. Lew sagte früher immer, sonst wären wir uns doch nicht begegnet. Aber ist das so sicher?«

Nach den ersten Interviews hatte Alexander verstanden, dass er auf solche Fragen nicht antworten konnte und vielleicht auch gar nicht antworten sollte. Es waren keine Fragen, es waren in Worte gefasste Gefühle, die ausgesprochen werden mussten, vielleicht sogar zum ersten Mal ausgesprochen werden konnten. Manche Überlebenden kämpften ihr Leben lang gegen die Verbitterung, weil das Lager ihnen ihre beste Zeit genommen hatte.

Katja Iwanowa zum Beispiel war Bühnenmalerin am Kirow-Theater in Leningrad gewesen, heute heißt es wieder Mariinski-Theater, wie vor der Revolution. Iwanowa wurde am 31. Mai 1950 auf der Arbeit verhaftet. Ihr Mann war seit einem Jahr im Lager, sie hatte bemerkt, dass ihr jemand folgte, und eines Tages traten Uniformierte auf die Bühne, während sie dort malte.

Sie war damals vierzig Jahre alt. Als Kind hatte sie nach der Revolution erlebt, wie ihre Onkel und Tanten das Land verließen, wie andere Verwandte verschwanden. Ihren Mann hatte sie spät kennengelernt, kurz vor dem Krieg, und musste ihn dann bald schlecht bewaffnet in diesen ziehen lassen. Wie sie die Belagerung von Leningrad überlebt hatte, das hat Alexander trotz Nachfragen nicht erfahren. Ihr Mann war aus dem Krieg als einbeiniger Invalide zurückgekehrt und hatte den einen Fehler begangen, Bilder vom Krieg zu zeichnen und sie Bekannten zu schenken. Diese Bilder widersprachen der offiziellen Darstellung des Großen Vaterländischen Krieges. Sie dokumentierten den Alltag des Krieges. Und dafür kam er ins Lager.

Er und seine Frau hatten Glück, sie kamen bald nach Stalins Tod frei, wurden rehabilitiert und zogen zu Verwandten nach Moskau. Doch der Weg zurück, zu einer Anstellung an angesehenen Theatern war ihnen dennoch für immer versperrt.

Während eines Interviews in ihrer Wohnung war die 94 Jahre alte Katja Iwanowa auf einen Hocker gestiegen und hatte einen weißen Karton aus einem Schrank gezogen. Sie nahm den Deckel ab und ein Kleid heraus, ein gelbes, leichtes Sommerkleid mit weißem Saum. Alexander kannte Straßenbilder aus dem Leningrad der 30er Jahre und versuchte sich die Frau in diesem Kleid dort vorzustellen. »Ich sah darin einmal gut aus«, hatte sie gesagt, »aber nach dem Lager sah ich darin nicht mehr gut aus. Meine Weiblichkeit war weg. Ich konnte nicht mehr lachen wie am Tag, an dem Konstantin mir das Kleid geschenkt hatte. Ich dachte, eines Tages wird es wieder möglich sein. Aber ...«

Irgendwann war Iwanowa nicht mehr ans Telefon gegangen. Sie hatte keine Kinder. Jemand, der sie nicht kannte, wird ihre Wohnung ausgeräumt haben. Vielleicht hat jemand ihre Bilder auf einem kleinen Markt in Moskau verkauft, vielleicht hat jemand ihr Kleid an sich genommen. Wahrscheinlicher ist, dass die Geschichte dieser Frau, ihre Bilder und ihr Kleid, im Müll gelandet ist, zusammen mit den Abfällen der Nachbarn auf eine große Halde gebracht, ausgekippt und vom anderen Müll zugeschüttet.

»Sollten wir vielleicht Lew wecken?«, Alexander ertrug die Stille nur schwer.

»Ja, wecken Sie ihn, sonst kann er später nicht schlafen. Im Sommer, wenn ehemalige Gefangene oder ihre Verwandten herkommen, früher waren es viele, jetzt werden es immer weniger, na, wenn sie hier sind, dann leiden sie oft unter Schlaflosigkeit. Sie sind aufgeregt, manche weinen viel und die Weißen Nächte tun ihr Übriges. Wecken Sie ihn, dann essen wir was.«

Lew lag auf dem Sofa, über ihm hingen die Fotografien. Seine Swetlana lächelte zu ihm herab. Dieses Bild berührte Alexander so sehr, dass er den alten Mann in seinem Schlaf noch nicht stören wollte. Lew schnarchte leise, atmete gleichmäßig, friedlich. Alexander setzte sich neben ihn und wartete. Er hörte Geräusche aus der Küche, Teller klimperten und Besteck. Irgendwann kam Israelitsch rein und setzte sich zu ihm.

»Ende der 80er Jahre, als es hier an vielem mangelte, haben Lew und Swetlana uns versorgt. Sie haben den Zugbegleitern Geld gegeben, damit sie Pakete für uns mitnehmen, Medizin, Kleidung, Konserven, sogar Schulbücher. Sie haben uns zu sich eingeladen, aber wir wollten nicht weg. Für uns Nordmenschen ist Moskau kein Ort zum Leben. Das ist ein Museum, für Urlaub gut, aber dort leben – nein.«

»Wie alt sind Sie, Jakow?«

»Ein Jahr älter als Lew. Langsam reicht es mir auch.«

»Sie wirken stärker, wenn ich das so sagen darf.«

»Ja, mein Körper ist stark. Ich weiß gar nicht, wann ich das letzte Mal krank war. Aber mein Kopf ist müde. Ich vergesse viel und manchmal frage ich mich, was ich hier noch soll. Ich bin dieses Leben satt. Habe alles erlebt, was ein Mensch erleben kann. Gut, dass ich solche Gedanken früher nie hatte. Noch nicht einmal, wenn ich verzweifelt war. Wütend war ich oft. Die Wut hat mir sehr geholfen. Hat mich angetrieben. Ich wollte es denen beweisen, dass sie mich nicht brechen können. Eure Nazis haben die Juden gejagt und umgebracht. Und unsere Kommunisten, unter denen viele Juden waren, jagten uns auch. Das ist doch nicht zu verstehen! Strelkow, der Laborleiter, hatte mich in seine Mannschaft geholt, weil er Techniker brauchte. Ich habe ihm am ersten Tag gesagt, dass ich Jude bin. Er hatte mich angesehen und gesagt, dass er einen Menschen vor sich sieht, alles andere interessiere ihn nicht. So etwas habe ich draußen nie gehört. Wissen Sie, warum die Ehemaligen immer wieder herkommen? Hier haben sie wahrhaftig erfahren, mit was für Menschen sie es zu tun hatten. Ist das nicht tragisch?«

Lews Atem wurde unregelmäßiger, sein Arm hob sich von seiner Stirn, er öffnete die Augen, setzte sich auf.

Israelitsch nahm ein Buch vom Regal und hielt es ihm hin.

»Ach ja«, sagte Lew. Er strich vorsichtig über den Buchdeckel. »Das hat mir Swetlana mitgebracht, nicht beim ersten Besuch, glaube ich. ›Grundlagen der theoretischen Physik‹ von Sergej Wawilow. Er war Leiter unserer Fakultät. Was für ein Mensch. Was für ein Schicksal.«

Lew hielt inne. Dann erzählte er weiter: »Ich war 1940 mit seinem Sohn Oleg in den Bergen im Kaukasus. Als wir vom Elbrus in unser Basislager zurückkehrten, erfuhr Oleg, dass sein Vater verhaftet worden war. Die Beschuldigungen waren absurd. Er hätte seinen Lehrplan nicht nach den marxistischen Prinzipien ausgerichtet. Noch heute fällt es mir schwer, darüber zu lachen. Physik nach Marx! Die haben Genetiker verhaftet, weil Genetik plötzlich als bürgerliche Wissenschaft galt. Die haben Mathematiker verhaftet, Chemiker, Ingenieure. Die wollten marxistisch-leninistische Naturwissenschaften. Im Krieg haben sie dann all diese Wissenschaftler aus dem Norden geholt und in Sonderlager gesteckt. Plötzlich war bürgerliches Wissen doch nützlich. Was für eine absurde Zeit. Und Oleg, der kam nach dem Krieg im Kaukasus ums Leben. Wenn Sie mich fragen, so glaube ich nicht an einen Unfall.«

»Lasst uns was essen und besprechen, was wir morgen machen.

Ich möchte dir etwas zeigen, Lew«, Israelitsch half ihm hoch und führte ihn in die Küche. Auf dem Tisch standen Teller mit Wurst, Käse, Tomaten, Gurken, eine kleine Flasche stand dazwischen.

»Wir hatten hier mal eigene Gewächshäuser. Es gab Wissenschaftler, auch sie waren natürlich Gefangene, die hier die klimatischen Auswirkungen auf den menschlichen Organismus studierten. Sie haben Tomaten und Gurken selbst gezüchtet, auch anderes Gemüse«, berichtete Israelitsch. »Heute wird alles geliefert. Aber diese Wurst, die kommt von hier, aus Workuta, ist aus Rentierfleisch. Probieren Sie die mal.«

»Ich trinke nicht, Israelitsch«, sagte Lew. »Ich darf nicht, du weißt doch.«

»Ein Schluck, Ljowa. Bringt der dich um? Du musst trinken und daran denken, dass du immer noch da bist, dass du als freier Mensch hierher zurückgekehrt bist. Du musst mit Stolz trinken. Swetlana hätte einen getrunken, das weißt du genau.«

»Sie hatte schon lange nicht mehr getrunken. Wir sind ja keine Alkoholiker, ohne Freunde trinken wir nicht.«

»Aber hier sind Freunde«, widersprach Israelitsch. »Und wer weiß, ob wir noch einmal ...« Er zog den Korken aus der Flasche und goss jedem ein halbes Schnapsglas ein.

Alexander schmeckte nichts, so sehr brannte sein Rachen. Er biss in die Wurst.

»Was willst du mir zeigen?«, fragte Lew.

»Wir gehen morgen zum Friedhof, da hat die Stadt eine kleine Gedenktafel aufgestellt.«

»Das ist gut. Sowas sollten die auch in Moskau machen, aber richtig. Sie müssten auf dem Platz, wo diese hässliche Dserschinskij-Statue stand, einen Obelisk aufstellen und darauf die Namen aller Gulag-Gefangenen eingravieren. Wie hoch müsste dieser Obelisk sein?

Was für eine Zukunft hat dieses Land, wenn es seine Vergangenheit leugnet?«

»Reg dich nicht auf, Lew«, sagte Israelitsch, »sonst steige ich gleich mit ein, und wir hören gar nicht mehr auf. Trink und iss.«

Sie tranken und aßen. Später riefen sie den Taxifahrer an. Er fuhr sie dieses Mal auf einem anderen Weg zum Hotel, mit weniger Schlaglöchern. Der Taxifahrer half Lew bis zum Hoteleingang, vor dem die Steinplatten glatt waren. »Wer arbeitet hier, was sind das für Faulenzer?«, schimpfte er, »die haben Gäste und können den Eingang nicht eisfrei halten. Idioten.«

Alexander lachte in sich hinein. »Können Sie uns morgen um 9 Uhr abholen?«

»Natürlich, ich werde da sein. Wartet drin, ich helfe euch, sonst brecht ihr euch noch die Knochen.«

Sie gingen rein. Lew wollte sich hinlegen.

Alexander erinnerte sich an die Briefe in seinem Koffer, holte einige raus, nahm sein Notizblock, das Diktiergerät und ging aus dem Zimmer. Im Frühstücksraum auf derselben Etage fand er einen Wasserkocher und Teebeutel, setzte sich mit einem grünen Tee an einen Tisch. Es war neun Uhr abends, im Hotel war es still, keine Gäste, nur das leise Rauschen der Heizung war zu hören.

Alexander spielte das Diktiergerät ab, die Stimmen der Männer hallten im Raum. Er machte sich einige Notizen und öffnete schließlich einen Brief von Lew an Swetlana nach ihrem ersten Besuch, Ende November 1947.

Meine liebe Sweta,

seit Tagen stürmt es. Nachts, wenn die Temperatur fällt, verwandeln sich die Regentropfen in Eiskugeln und donnern gegen das Dach.

Mir ist es recht so. Dann liege ich wach und habe all die Bilder aus dem Krieg nicht im Kopf. Wenn ich die Augen schließe, sind sie da. Im Halbschlaf weiß ich nicht, wo ich mich befinde, in welchem Lager, höre Rufe auf Deutsch, mich ergreift Panik. Aber wenn ich wach bin und an die Decke starre, dann ist es erträglich.

Ich habe gehofft, dass ich nach Deinem Besuch immer nur Dein Gesicht sehe, wenn ich die Augen schließe. Dass ich mich an Deinen Duft erinnere, an unsere Angst im Zimmer des Arbeiters, davor dass wir entdeckt werden könnten, eine Angst, die mir jetzt so kindlich vorkommt. Aber nein, andere Erinnerungen sind stärker.

Ich vermisse Deine Stimme. Nie hat es mir gefallen, wenn mich jemand Ljowatschka nannte, ich mag keine Verniedlichungen, das weißt Du. Aber wenn Du mich so nennst, dann fühle ich mich sicher, geborgen.

Sweta, bitte entschuldige ... dieser Trübsinn. Der Brief liegt schon seit Tagen hier, ich würde Dich so gerne sprechen.

Nach dem Eisregen kam der Schnee. Große, schwere, weiche Flocken. Wenn es für ein paar Stunden hell wird, dann glänzt alles so sehr, dass die Augen schmerzen. In diesem Weiß erscheint sogar der Zaun märchenhaft und die Wachtürme ähneln Spitzen einer Burg.

Ich halte mich gut. Noch keine Erkältung in diesem Winter. Wir haben bei einem Wachmann etwas Honig eingetauscht. Sein Sohn hat Probleme in Mathematik, Lilejew hilft ihm. Er ist kein dummer Junge, nur etwas vernachlässigt. Die Mutter ist weg, wenn der Vater Dienst hat, ist der Bursche tagelang allein, streunt herum. Der Vater, Jegor Serow, ist ein ruhiger Wachmann, ein humaner, schon etwas älter. Schlimm sind die Jüngeren, die grundlos brüllen. Macht ein Gefangener einen falschen Schritt, schreien sie, die Hunde bellen. Wenn du nicht schnell genug bist, setzt es was. Vor diesen Jüngeren muss man sich in Acht nehmen. Sie sind voller Ideologie und arm an Bildung und Erfahrung.

Ich selbst fühle mich nicht mehr jung. Jung war ich mit Dir, damals …

Ich schweife wieder ab. Ich schließe jetzt und hoffe, dass Israelitsch bald kommt, er war seit einigen Tagen nicht im Labor, keine Ahnung, wo er steckt.

Ich lese täglich Deine Briefe. Jedes Wort stärkt mich.

Ich umarme Dich, Dein Ljowa.

Einige Hundert Meter von dem Hotelzimmerfenster entfernt hatte vor fast 60 Jahren Lew in seiner Baracke an einem Holztisch gesessen und diese Zeilen geschrieben. Er versteckte den Brief, und als Israelitsch ins Lager kam, steckte dieser das Blatt in seine wattierte Jacke, schmuggelte es an den Wachleuten vorbei, steckte es in einen offiziellen Umschlag und gab ihn in der Poststelle ab. Ein Zug brachte den Brief nach Moskau, ein Briefträger trug ihn zu Swetlana. Wochen später kam ihre Antwort, und Israelitsch schmuggelte sie zu Lew ins Lager.

TAG 5

Der Friedhof lag nördlich der Stadt, hinter den Gleisen. Der Taxifahrer hatte sie abgeholt und zusammen mit Israelitsch zum Gleisübergang gefahren. Von hier gingen sie auf einem festgetretenen Pfad zu Fuß weiter. An einigen Stellen war er so glatt, dass sie ihn verlassen mussten. Dann prüfte Israelitsch mit einem Stock, wie fest der Schnee war. Sie sanken ein, manchmal bis zum Knie, und halfen sich gegenseitig wieder raus. Sie passierten einige kleine Häuser, vor den Häusern lagen Hunde auf Schneebergen, riesige Hunde, die sich für die drei Männer nicht interessierten.

Der Pfad führte am Friedhof vorbei, näher als zehn, fünfzehn Meter kamen sie nicht heran. Sie blickten auf einen Kiefernwald. Zwischen den Bäumen ragten Kreuze und Steine aus dem Schnee heraus.

»Wo ist denn unser Stein?«, fragte Lew.

»Teufel nochmal«, sagte Israelitsch, »er muss da vorne sein, zwischen den zwei jungen Kiefern. Da muss er sein.« Er zeigte mit dem Stock auf eine weiße ebene Stelle. »Ist unter dem Schnee begraben.«

Sie schauten auf die erste Baumreihe vor ihnen.

»Alles ist hier begraben«, sagte Lew. Seine Worte klangen, als hätte er einen Gedanken laut ausgesprochen. »Alles ist hier begraben«, wiederholte er klarer. »Alles und alle.«

Alexander beobachtete die Männer. Da standen sie, zwei Alte voller Erinnerungen, und brachten kein Wort heraus.

»Wo war die Quarantänestation?«, fragte Lew schließlich. »Ich habe doch aus meinem Fenster damals die frischen Gräber gesehen.«

»Im Sommer sieht man noch die Mauerreste«, sagte Israelitsch.

»Es ist fast alles abgetragen, die Leute haben sich die Steine zum Bauen geholt. Was aus Holz war, ist abgebrannt. Jugendliche zündeln hier herum. Die Gleisverbindung zum Verteilungspunkt ist auch weg, die haben sie noch in den 80er Jahren abmontiert. In ein paar Jahren wird der Wald hier alles verdecken.«

Stille umgab die drei Männer. Alexander versuchte sich die Ankunft der Gefangenen vorzustellen, wie sie von den Güterwaggons sprangen, manche so geschwächt, dass sie heruntergehoben und gleich ins Krankenhaus getragen wurden. Sie mochten sich gefragt haben, wo sie waren, was sie hier erwartete. Für manche ging es noch weiter, ins dunklere Workuta oder in die tödlichen Kalkminen.

»Lass uns gehen, Israelitsch«, sagte Lew. »Lassen wir sie ruhen.«

Die Wohnung von Israelitsch war nicht weit entfernt, aber Lew musste alle paar Meter stehenbleiben, er rang nach Luft. Alexander rief wieder den Taxifahrer an, der konnte diesmal nicht und schickte einen Kollegen.

Alexander war im Museum verabredet, er begleitete die Männer zu Israelitschs Wohnung und lief dann die Sowjetskaja Straße entlang zum Haus Nummer 33.

Es war ein unauffälliges zweistöckiges Gebäude mit Flachdach und grau-weißer Fassade. Alexander stampfte den Schnee von seinen Schuhen ab und trat ein. Am Empfang fragte er nach Natalja, der er geschrieben hatte. »Welche Natascha? Wir haben zwei«, antwortete die Frau am Empfang. Alexander wusste den Nachnamen nicht mehr, erklärte, wer er sei und worum es ging.

»Dann kann das nur Natascha aus der Dokumentationsstelle sein«, sagte die Frau. Erster Stock, dann nach links. Oben betrat er einen großen Raum voller Regale. Er hörte jemanden auf einer Tastatur tippen und sagte laut: »Guten Tag«.

»Guten Tag, guten Tag«, antwortete ihm eine Frauenstimme auf

Deutsch. »Kommen Sie rein«, wechselte sie wieder ins Russische. Natascha begrüßte ihn, fragte, wie die Anreise war und warum er Lew Mischenko nicht mitgebracht habe.

»Er ist bei seinem Freund, Jakow Israelitsch«, antwortete Alexander.

»Jakow kennen wir gut, er besucht uns gelegentlich. Von Lew Mischenko hat er uns nur wenig erzählt. Jakow ist der einzige, der sich nicht von uns befragen lässt. Wir bitten die Zeugen, von ihrer Lagerzeit zu erzählen, von Petschora in den 40er und 50er Jahren. Wir wollen die Geschichte der Stadt rekonstruieren. Jakow hört gerne zu, wenn wir etwas Neues erfahren, korrigiert uns manchmal, selbst erzählt er nur wenig. Er fragt uns stets, wozu das gut sein soll.«

»Das hat er mich auch gefragt. Aber zusammen mit Lew hat er dann doch etwas erzählt.«

»Ich habe Ihnen einige Berichte von Zeitzeugen herausgesucht, die können Sie in Ruhe durchsehen, dann kopiere ich, was Sie brauchen. Vorher zeige ich Ihnen noch unser Haus, die Ausstellung unten, danach können Sie hier oben arbeiten. Hier sind unser Archiv und unsere Büros, diese Etage ist für die Öffentlichkeit geschlossen.«

Natascha führte Alexander nach unten, durch den Raum mit der heimischen Flora und Fauna und durch eine kleine Ausstellung über das indigene Volk der Komi. Schließlich gingen sie wieder nach oben und betraten einen Raum, in dem ein Arbeitstisch vor einem schweren, dunkelroten Vorhang stand. Darauf waren ein altes, schwarzes Telefon, eine kleine Leninbüste, ein aus weißem Marmor geschlagenes Tintenfass, ein Rechenschieber, ein Aschenbecher aus Kristall und darin eine leere Packung »Belomorkanal«-Zigaretten.

»Das war der Schreibtisch des Lagerleiters. Er ist aber nicht authentisch. Wir wissen nicht, wie er ausgesehen hat. Wir haben nur manche Fundstücke so arrangiert, wie wir ihn uns vorstellen. Für eine Ausstellung ist er nicht geeignet«, erläuterte Natascha. »Über das Lager fehlen uns noch viele Informationen. Originaldokumente sind in Archiven, zu denen wir keinen Zugang bekommen.«

An einer Wand hing eine sowjetische Flagge mit goldfarbenem Rand, den Konterfeis von Stalin und Lenin und dem Spruch: »Arbeit in der UdSSR ist eine Sache der Ehre, eine Sache des Ruhmes, eine Sache der Tapferkeit und des Heldentums.«

Neben dem Tisch standen in Regalen alte Bücher, auf den Buchrücken klebten vergilbte kleine Papierschnipsel, mit Nummern darauf. Inventarnummern.

»Sind das Lagerbücher? Jakow Israelitsch hat auch welche.«

»Ja, die sind aus dem Lager. Jakow verspricht uns immer wieder, auch seine Bücher zu bringen. Wir warten geduldig. Wir haben nicht nur Bücher, auch Sachen, die uns ehemalige Gefangene vermacht haben.« Sie führte Alexander hinter die Regale. In einer Vitrine standen ein geschnitztes Schachspiel, Becher, Kinderspielzeuge.

»Gab es Kinder im Lager?«

»Nein, soweit wir wissen bei uns nicht. Aber viele Gefangene hatten ja Kinder, und wer konnte, der bastelte, schickte ihnen etwas. Diesen kleinen Lastwagen hat uns mal ein Mann gebracht.« Sie deutete auf einen Wagen aus Holz und Rädern aus Blechdosenmetall. »Sein Vater war hier gewesen, hatte ihm den Wagen geschnitzt. Der rote Stern vorn lässt sich abnehmen, das wusste das Kind aber nicht. Der Vater hatte darin seinen Namen, den Namen der Frau und des Kindes eingeritzt. Der Sohn erzählte uns, dass er das erst entdeckt hatte, nachdem der Stern abgefallen war und die Eltern schon lange tot. Der Vater hatte ihm auch nach seiner Rückkehr nichts davon berichtet, vielleicht hatte er das selbst vergessen. Wir wundern uns immer wieder, auf welchen Wegen die Menschen aus dem Lager heraus kommunizierten. Es ist alles komplizierter und interessanter, als wir uns das vorstellen können. Es gibt hier sogar ein Kostüm aus dem Bolschoj Theater in Moskau. Wir wissen nicht, wem es gehört hat. Wir wissen nicht, wie es hierher gelangte. Wurde da jemand direkt nach einer Aufführung verhaftet? Das alles können wir nicht klären.«

Sie kamen an Nataschas Tisch, auf dem Akten lagen. Es waren Berichte, Interviews, Tagebücher ehemaliger Häftlinge.

»Lew hat erzählt, dass die Gefangenen gute Beziehungen zu zivilen Arbeitern im Lager hatten und auch zu Wachleuten. Haben Sie darüber Informationen? In einem seiner Briefe erwähnt er einen Arbeiter namens Serow.«

»Wir haben auch von Lagerangestellten einige Aufzeichnungen. Ich kann Ihnen welche raussuchen.«

Natascha ging, Alexander setzte sich an den Tisch. Manche Akten bestanden aus handbeschriebenen losen Blättern. Andere enthielten getippte Seiten und einigen Akten lagen ausgedruckte Blätter mit moderner PC-Typografie bei. Die ersten Akten stammten von Ende der 1980er Jahre. Ihnen lagen Zeitungsartikel bei, die erstmals in der Geschichte der Sowjetunion das Gulag-System beschrieben, wie es wirklich war: als ein Verbrechen am eigenen Volk. Alexander las mehrere Berichte, die meist nicht länger als drei, vier Seiten lang waren. Fakten, nichts als Fakten. Woher jemand stammt, warum er ins Lager kam, wann er rauskam, ganz selten schilderte jemand, wie es ihm ergangen war, was er gefühlt, welche Ängste und Hoffnungen er hatte.

Manchmal erinnerte sich jemand an etwas Besonderes, wie zum Beispiel an einen Brand im Sägewerk, bei dem Menschen starben, an Hunger, an Fluchtversuche. Details halfen Alexander, sich den Alltag jener Zeit besser vorzustellen. Die Ehefrau eines Häftlings erzählte, dass sie nach seiner Verhaftung in ein Dorf in die Nähe von

Petschora gezogen war. Sie arbeitete als Holzfällerin, musste täglich eine bestimmte Zahl Bäume schlagen und sie mit einem Pferdewagen zu einem Sammelpunkt bringen, davon hing die Höhe ihres Lohnes ab.

»Im Winter begleiteten Wölfe unsere Wagen. Wir verdeckten den Pferden die Augen mit Scheuklappen, aber sie rochen die Wölfe und wurden nervös. Ich schlug mit einem Ast auf die Baumstämme, um die Wölfe abzuschrecken. Sie verfolgten uns, aber sie griffen nicht an.«

Als Natascha wiederkam, war es draußen bereits dunkel. Sie brachte eine weitere Akte, Berichte von Lagerarbeitern. Alexander wollte aufbrechen und fragte, ob es möglich sei, die Akte zu kopieren, er würde am nächsten Tag noch einmal reinschauen. Dann verabschiedete er sich und ging zurück zu Israelitsch.

Die Straße war schlecht beleuchtet, doch es waren viele Menschen unterwegs. Kinder liefen mit Schulranzen und Rucksäcken umher, Frauen und Männer trugen Einkaufstaschen. Es war frostig und windstill, die Luft trocken, leicht zu atmen. Alexander bog in den Innenhof ein und erschrak. Vor dem Hauseingang von Israelitsch lagen vier oder fünf Straßenhunde. Ihr dickes Winterfell ließ sie kräftig erscheinen. Alexanders Herz raste. Er blieb kurz stehen, ein Hund hob den Kopf, sah ihn an und ließ den Kopf wieder sinken. Alexander ging zwischen den Hunden durch, jeder Schritt voller Angst.

»Sie wärmen sich da«, erklärte Israelitsch, als Alexander ihm von den Hunden erzählte. »Da ist ein Kanalisationsrohr, deswegen liegen sie dort.«

Lew saß in der Küche. Auf dem Tisch standen Teller und Tassen, ein Fotoalbum lag aufgeklappt dazwischen.

»Wir haben schon gegessen, wollen Sie etwas?«, fragte Israelitsch.

»Nein, nicht nötig. Ein Tee reicht.«

»Machen Sie sich einen, fühlen Sie sich wie zu Hause.«

Alexander kochte Wasser, setzte sich zu den Männern, schaltete sein Diktiergerät an und stellte es auf den Tisch. Sie nannten Namen, die er nicht kannte, erzählten von eigenen Krankheiten, Beschwerlichkeiten des Alters. Und sprächen sie nicht Russisch, säßen sie nicht in dieser Stadt, hätte Alexander genauso gut einem Gespräch älterer Menschen in Deutschland lauschen können. Müdigkeit überkam ihn.

»Was haben Sie im Museum gefunden?«, fragte Lew.

»Es gibt da eine Abteilung, die die Lagergeschichte recherchiert. Man wartet dort auf Ihren Bericht«, sagte Alexander zu Israelitsch.

»Jaja, sollen sie warten«, antwortete er. »Was geht die mein Leben an. Was können wir denen schon erzählen? Die müssen in die Staatsarchive, dort steht alles. Wie viele Gefangene, wie viele starben, wie viele erschossen wurden. Das ist alles offiziell. Was bringen denen meine Erinnerungen?«

»Du bist im Unrecht, Israelitsch«, wandte Lew ein. »Das Offizielle ist das Problem. Die Fakten mögen stimmen. Aber ohne unsere Erinnerungen sind sie wertlos. Unsere Erinnerungen vervollständigen die Geschichte, so wie deine Bilder. Du bist zu streng zu dir. Deine Geschichte ist wichtig. Du bist wichtig.«

Jakow Israelitsch biss sich auf die Unterlippe. Seine Augen glänzten. Er schwieg, dann holte er tief Luft. »Ach Lew«, er atmete aus. »Ich war lange voller Wut. Die haben uns die besten Jahre unseres Lebens gestohlen. Die haben mich als Verräter verurteilt. In Wirklichkeit haben sie alle Ideale der Revolution verraten und das eigene Volk dazu. Hier waren Leute, die viel für das Land hätten tun können. Hier waren Denker, große Spezialisten auf ihren Gebieten, die sich zu Tode soffen, weil ihnen der Lebenssinn genommen worden ist.«

Er hielt inne.

»Das ist die Antwort auf all Ihre Fragen«, sagte er jetzt etwas lauter zu Alexander. »Findet der Mensch einen Sinn, lebt er. Wird der ihm genommen, stirbt er. *Wot i wsjo.* – Das ist alles.«

»Ruhig, ruhig, Israelitsch«, sagte Lew. »Wozu regst du dich so auf? So einfach ist es nicht. Sieh uns an. Haben wir nicht immer wieder einen Grund gefunden weiterzuleben? Deine Darja – hat sie dich nicht am Leben gehalten? Sie war genauso mutig wie Sweta; welche Frau hat sich mit einem ehemaligen politischen Gefangenen eingelassen? Dass Dascha und Sweta vor uns gestorben sind, das hätte nicht sein dürfen.«

Israelitsch erhob sich, stellte die Flasche mit dem selbstgebrannten Schnaps auf den Tisch.

Lew legte die Hand auf den Korkverschluss. »Nein«, sagte er, »die haben uns damals nicht gebrochen, und das lassen wir jetzt auch nicht zu.«

Israelitsch sackte in sich zusammen. Seine Lippen zitterten. Seine Augen wurden feucht. Er schluckte, dann brach er in Tränen aus.

Lew setzte sich zu ihm und hielt seine Hand.

»Was ist nur mit mir, was ist nur«, wisperte Israelitsch. Er schluchzte, wischte sich übers Gesicht.

Alexander wusste nicht, was er tun sollte. Schließlich stand er auf, holte Taschentücher aus seiner Tasche und gab sie den Männern. Er sah, dass das Diktiergerät noch angeschaltet war.

Israelitsch atmete tief aus, beruhigte sich. Lew sah ihn an: »Du bereust zu viel, mein Freund. Das habe ich dir schon oft gesagt.«

Auf dem Weg ins Hotel, mit dem Taxifahrer, der wieder auf irgendwelche »Idioten« schimpfte, dachte Alexander darüber nach, dass ihnen nicht mehr viel Zeit in Petschora blieb. Er wusste immer noch nicht, was Lew vorhatte. Im Zimmer sprach er ihn darauf an. »Israelitsch sagt, Sie wollen nicht zurück?«

»Wissen Sie, jetzt will ich nur schlafen. Vielleicht reden wir morgen früh über die Rückreise.« Lew legte seinen Mantel ab, zog Pullover, Hemd und Unterhemd aus. Jeder einzelne Knochen seines Oberkörpers war sichtbar. Er zog ein frisches Unterhemd an und ging ins Bad.

Alexander nahm seine Unterlagen, verließ den Raum und suchte sich unten in der Lobby Platz, wo dicke Sofas standen und ein Verkaufsstand mit Postkarten und Medaillen zu Jubiläumsfeiern der Stadt. Keine Karte erinnerte an die Ursprünge des Ortes, nur auf einer war das städtische Kulturhaus abgebildet. Alexander war daran vorbeigelaufen. Rechts vom Säuleneingang war eine kleine graue Marmortafel angebracht. Sie erinnerte an inhaftierte Künstler, die hier in den 1940er und Anfang der 1950er Jahre aufgetreten waren. Alexander kaufte einige Ansichtskarten und setzte sich auf ein Sofa.

Nun schaute er einige der Briefe durch. Er zog einen aus März 1950 hervor, der von Lews Tante und auf offiziellem Weg durch die Zensur gekommen war.

Im unteren Teil des dünnen Papierblattes waren Wörter mit schwarzer Farbe übermalt. Warum wurde der Brief nicht gleich einbehalten?

Lieber Ljowa,

ich wünschte, ich könnte diesen Brief anders beginnen als mit dieser traurigen Nachricht. Meine Mutter, Deine Großmutter, ist verstorben. Es ist jetzt eine Woche her, gestern haben wir sie beigesetzt. Swetlana und ihre Eltern waren da, auch einige Nachbarn. Meine Trauer kann ich kaum in Worte fassen und zugleich plagt mich mein Gewissen, weil ich mich einsam fühle und mir das egoistisch vorkommt. 79 Jahre ist Mama geworden, wer hätte gedacht, dass sie in unseren Zeiten so ein Alter erreicht?

In den letzten Jahren hast Du ihr Hoffnung gegeben. Seit wir wussten, dass Du lebst, ging es ihr besser. Den ganzen Krieg über schwieg sie viel. Sie dachte, nach Deiner Mutter hätten wir auch Dich verloren. Dein erster Brief ließ sie aufleben. Sie ging wieder mehr unter Leute, las Zeitung und hoffte, Dich wiederzusehen. Aber ihre Gesundheit ließ nach. Unser alter Arzt war eines Tages verschwunden und [geschwärzt]

Ich bin ihr dankbar, dass sie im Frühling gegangen ist. Den Winter hielte ich allein nicht aus. Jetzt werde ich wieder öfter rausgehen. Ich werde Nachhilfe für Schüler geben, mich beschäftigen, meinen Kopf ablenken. Noch vier Jahre, dann sehen wir uns. Bitte bleib gesund und achte auf Dich. Du bist der einzige, der mir aus unserer Familie geblieben ist.

Ich warte auf Dich,
Deine Tante Olja.

Es war gegen zehn Uhr abends. Alexander faltete den Brief wieder zusammen, legte ihn behutsam zu den anderen Unterlagen und ging zurück ins Zimmer.

Lew lag auf dem Boden.

Alexander erstarrte. Dann warf er seine Sachen aufs Bett, beugte sich zu Lew, sah, dass dieser schnell und flach atmete. Wie im Zug. Seine Augen weit aufgerissen, der Blick voller Angst. Alexander öffnete ein Fenster, drehte Lew auf den Rücken, legte ein Kissen unter dessen Kopf, deckte ihn zu, rannte runter in die Lobby, bat, einen Krankenwagen zu rufen.

»Krankenwagen brauchen zu lange, ich rufe ein Taxi«, sagte die Frau. Alexander gab ihr die Nummer des Taxifahrers.

»Schicken Sie ihn auf unser Zimmer, er soll mir helfen.« Dann lief Alexander zurück.

Lew hatte die Augen geschlossen, atmete schnell, eine Hand lag auf der Brust, der Schweiß auf der Stirn glänzte, sie war kalt, der Puls war kaum zu spüren.

Alexander suchte in Lews Mantel nach den Tabletten, fand sie schließlich im Bad. In der Dose waren nur eine halbe und eine ganze Pille. Er räumte Lews Rucksack aus, legte etwas Wäsche und die Tablettendose rein. Der alte Mann atmete unverändert schnell. Der Taxifahrer kam, half wortlos, Lew hochzuheben und in den Wagen zu tragen. Auf dem Vordersitz saß eine Frau. Sie fuhren los.

»Was ist mit ihm?«, fragte der Fahrer.

»Herz. Er hatte schon vor einigen Tagen einen Anfall.«

»Das ist meine Frau, wir waren hier um die Ecke essen. Sie haben Glück. Der Krankenwagen braucht ewig.«

Er raste, schonte seinen Wagen nicht und auch nicht die Fahrgäste. Sie fuhren eine dunkle Straße entlang, keine Häuser rechts und links, erreichten dann ein belebtes Viertel und nach zehn Minuten ein Krankenhaus. Die Frau ging vor. Alexander und der Fahrer trugen Lew rein. Im Eingang standen zwei Sanitäter, fragten, was mit ihm sei. Alexander erklärte, gab ihnen die Medikamentendose. Sie fuhren mit Lew auf der Trage davon.

Der Taxifahrer und seine Frau warteten, Alexander ging auf sie zu, holte sein Portemonnaie raus, wollte zahlen, doch der Fahrer winkte ab.

»Hat er hier gesessen?«

»Ja, er war nach dem Krieg im Lager. Sein Freund lebt hier noch, deswegen sind wir gekommen.« Er setzte sich auf einen Stuhl im Flur.

»Die halbe Stadt war im Lager. Die Alten kommen immer wieder, der Teufel weiß, warum. Mein Vater war auch im Lager, ich begreife bis heute nicht, warum er nicht weggegangen ist, als er freikam«, erzählte der Fahrer. »Wollen Sie zurück ins Hotel?«

»Nein, ich warte, bis ich mit einem Arzt sprechen kann.«

»Wie Sie wollen. Meine Nummer haben Sie ja.« Der Fahrer und seine Frau gingen.

Alexander saß im Flur, den Kopf an die Wand gelehnt, die Augen geschlossen und wartete.

TAG 6

Die Tür, hinter der Lew verschwunden war, öffnete sich gegen halb zwei Uhr in der Nacht. Ein Mann im Arztkittel trat heraus.

»Sind Sie sein Sohn?«

»Ein Bekannter«, sagte Alexander.

»Wir haben ihn stabilisiert. Gehen Sie nach Hause, kommen Sie morgen wieder.«

Alexander atmete durch. Die beißende Kälte draußen belebte ihn. Er ging zu einer breiten Straße, die schwach orangefarben beleuchtet war. Er nahm die Richtung, aus der sie gekommen waren. Vor einem kleinen Geschäft, das noch geöffnet war, stand ein leeres Taxi mit laufendem Motor. Alexander sah einen Mann im Geschäft am Tresen lehnen, er unterhielt sich mit der Verkäuferin, die mit gekreuzten Armen an einem Regal stand und lachte. Alexander trat ein, fragte, ob er der Fahrer sei und arbeite.

»Natürlich, natürlich«, sagte er und rief beim Hinausgehen der Verkäuferin zu, er sei gleich wieder da.

Im Hotel stellte Alexander den Wecker auf sieben Uhr. Nach dem Aufstehen duschte er, packte seine Sachen und sagte in der Lobby, dass er noch nicht genau wisse, wann sie auschecken. Er rief seinen Taxifahrer an und ließ sich ins Krankenhaus bringen.

In der Anmeldung saß dieselbe Schwester wie in der Nacht. Sie bat Alexander mitzukommen. In einem kleinen Zimmer stand Lews Rucksack, seine Kleidung lag auf einem Stuhl. Dort gab die Schwester Alexander eine *sprawka*, eine Bescheinigung: »Lew Glebowitsch Mischenko, geb. 1917, gestorben am 6. November 2008 um 3.30 Uhr infolge von Herzversagen. Der Leichnam wurde ins städtische Leichenhaus überführt.«

Alexander las noch einmal. Und noch einmal.

Wir haben ihn stabilisiert, hatte der Arzt gesagt. Stabilisiert …

Alexander setzte sich. Er starrte auf den Boden. Das Papier zitterte in seiner Hand.

Nach einer ganzen Weile stand er auf, legte Lews Sachen in dessen Rucksack, fragte die Schwester nach dem Leichenhaus und wollte wissen, was er jetzt tun müsste. Dann ging er hinaus.

Als der Taxifahrer ihn sah, verstand er sofort. Er wartete, bis Alexander sagte, wohin die Fahrt gehen sollte. Zu Israelitsch. Vor dessen Wohnungstür stand Alexander lange, bis er sich traute zu klingeln. Es war noch vor neun Uhr früh, keine zwölf Stunden her, dass sie hier zusammen gegessen und erzählt hatten. Heute wollten sie zu dritt ins Museum, am Abend noch einmal zusammen essen und dann, nach Mitternacht, wären Alexander und Lew wieder abgereist oder, wenn Lew hätte bleiben wollen, so wäre er allein gefahren. So hatte er es sich vorgestellt. Der Tod kam in seinen Plänen nicht vor.

Alexander klingelte, Israelitsch öffnete. Sie standen voreinander. Israelitsch sah ihm ins Gesicht, dann auf seine Hand, die Lews Rucksack hielt. Alexander trat ein, zog die Schuhe aus, ging in die Küche, auf dem Tisch standen noch die Teller vom Vorabend. Sie schwiegen, die Uhr tickte, auf dem Brett am Fenster saßen Spatzen, das Gefieder aufgeplustert.

»Das ging schnell«, sagte Israelitsch.

»Was meinen Sie?«

»Er wollte sich von Ihnen verabschieden und zu mir ziehen. Ich habe gehofft, dass er noch ein paar Monate hat.«

»Sie wussten, dass er sterben wird?«

»Ja. Nur ahnte ich nicht, dass es so schnell gehen wird.«

»Was machen wir jetzt?«

»Ich brauche Lews Sachen. Er hat Swetlanas Asche dabei.«

Bevor Alexander Lews Rucksack für das Krankenhaus gepackt hat, hatte er ihn ausgeschüttet. Briefe, ein Adressbuch, Wäsche und eine Schachtel waren drin, die Schachtel polterte übers Bett und fiel herunter.

»Ist noch alles im Hotel.« Er gab Israelitsch den Totenschein.

»Sie wollten doch heute abreisen?«

»Ja. Ja, wollte ich, aber ich bleibe. Bis morgen. Morgen Abend. Ich habe noch einen Tag Zeit.«

»Sie müssen sich nicht verpflichtet fühlen, Alexander. Eigentlich muss ich mich bei Ihnen entschuldigen, auch in Lews Namen. Wissen Sie, Lew hatte seinen Sohn gebeten, mit ihm hierherzukommen. Aber er wollte nicht, hat sich um den Vater gesorgt, er wusste ja, dass Lew krank ist. Dann haben Sie sich gemeldet und da hatte Lew die Idee. Wir haben Sie benutzt. Das ist mir unangenehm, ich hoffe ...«

»Was reden Sie, Jakow?«, unterbrach Alexander und schämte sich sogleich, dass er ihm ins Wort gefallen war. »Ohne Sie wüsste ich vieles nicht und würde vieles nicht verstehen. Sagen Sie mir lieber, was ich tun kann. Was ich für Sie tun kann.«

»Lew wollte eingeäschert und zusammen mit Swetlana beigesetzt werden. Ich mache das im Frühling, in der Nähe des Gedenksteins.«

»Warum wollte Lew hier sterben?«

»Ach, jeder hat so seine Motive.«

»Jeder?«

»Ja. Er ist nicht der erste, der hierher zum Sterben kommt. Manche kommen, zeigen ihren Kindern alles und fahren mit ihnen wieder. Manche kommen und bleiben. Bis zum Ende.«

Israelitsch telefonierte mit dem Leichenschauhaus, dann mit einem Beerdigungsunternehmen, das die Verbrennung organisieren sollte. Sie tranken Tee und Israelitsch bat Alexander, ihn zu Lew zu begleiten. »Ich möchte mich verabschieden.«

Summendes Neonlicht, vergilbte Fliesen, ein Metallwagen, auf dem Lew lag. Israelitsch stand am Kopf, hielt in einer Hand seine Mütze, die andere lag auf Lews Hand. Alexander stand an der Tür, blickte auf Lews Gesicht. Alle Anspannung des Lebens schien aus ihm gewichen.

»Bis bald, mein Freund«, flüsterte Israelitsch.

Sie gingen.

Im Hotel wollte Israelitsch Lews Sachen packen. Alexander legte alles auf dessen Bett. Die Schachtel, ein Bündel Briefe, ein Notizheft, sein Portemonnaie, Wäsche. Israelitsch steckte die Wäsche in den Mülleimer, nahm die Schachtel und die Dokumente und gab Alexander die Briefe.

Der Taxifahrer brachte sie zu Israelitsch. In einem kleinen Supermarkt in der Nähe kaufte Alexander Reis, Fleisch und Gemüse und während er kochte, versuchte er mit Lews Freund ins Gespräch zu kommen.

Der alte Mann tapste in seiner Wohnung umher, räumte Bücher ein, legte ein Fotoalbum weg, richtete die Zimmer wieder so her, wie sie vor Lews Besuch ausgesehen haben mochten. Er antwortete nur einsilbig, und als sie sich zum Essen setzten, stellte er seinen Selbstgebrannten auf den Tisch und sagte: »Nun gut, trinken wir auf Lew, auf einen weiteren, der es geschafft hat.«

Gabeln kratzten über das alte Porzellan. Israelitsch schenkte mehrmals nach, sie tranken ohne anzustoßen, ohne Trinksprüche, ohne Worte. Nach dem Essen räumte Alexander ab, spülte die Teller, stellte sie zum Trocknen in ein Gestell und setzte Teewasser auf. Israelitsch wischte die Brotkrumen vom Tisch, streute sie auf das Brett am Fenster und setzte sich wieder. Der Teekessel pfiff. Alexander wollte aufstehen, aber Israelitsch bedeutete ihm, sitzen zu bleiben. Aus einem Schränkchen an der Wand holte er Halva raus, brach mit einem Messer ein paar Stücke ab, brühte Tee auf und stellte alles auf den Tisch.

Israelitsch schwieg. Sein Blick war auf den Tisch gerichtet, in seinen Händen hielt er die Tasse und einen Keks, aber weder trank er den Tee, noch biss er vom Keks ab.

»Ich habe mir den Lageralltag sehr zermürbend vorgestellt, die Gefangenen verbittert und völlig machtlos. Aber wenn ich die Geschichte von Lew und Ihnen höre, dann sehe ich, dass ich mich getäuscht habe.«

»Völlig machtlos waren wir nicht«, sagte Israelitsch, »Auch als Gefangener haben Sie Macht. Nicht viel natürlich, aber je wichtiger Sie für das Lager sind, desto mehr Macht und Freiheit haben Sie, wenn man in diesem Land überhaupt von Freiheit sprechen kann.«

Israelitsch hielt kurz inne, dann schenkte er beiden Tee nach und fuhr fort. »Wir im Labor waren wichtig, weil Wärme und Energie für das Lager wichtig waren. Und wir kümmerten uns darum. Sogar im Krieg hatten wir noch genügend zu essen. Machtlos waren die, die leicht zu ersetzen waren. Die Holzfäller, die Männer, die die Baumstämme aus dem Fluss zogen. Das war körperliche Arbeit, dafür konnte jeder eingesetzt werden. Starb einer, nahm ein anderer seinen Platz ein, und starb der, kam Nachschub. An Menschenmaterial mangelte es nicht. Eigentlich müssten Sie mit jenen Analphabeten sprechen, die wie Kaltblüter die Baumstämme gezogen haben. Bauern aus Belarus und der Ukraine, die bestraft wurden, weil sie ihr Korn versteckt hatten, weil sie protestierten, als der Staat ihnen die Saat wegnahm, oder die kleinen Kriminellen, die auf Schwarzmärkten handelten. Aber wer von denen lebt noch? Und Tagebücher haben sie auch nicht geschrieben. Ihre Stimmen sind verstummt. Nur ihre Knochen finden Sie hier.«

»Wie haben Sie Lew kennengelernt?«

»Im Labor. Ich habe dort ein paar Tage die Woche ausgeholfen, und er sollte die Probleme im Kraftwerk lösen. Hat er auch tatsächlich geschafft. Wir haben die Schwankungen zwischen Energieerzeugung und Energieabgabe ausgeglichen, dadurch fiel die Anlage seltener aus. Zuerst haben wir nur über die Arbeit gesprochen, aber wie das so ist, fragt man dann doch mal, woher der Mensch kommt, spricht über Familie, über das, was einen interessiert. Er war der Einzige in unserer Truppe, der den ganzen Krieg von 41 bis 45 überstanden hat. Er war Gefangener, ja, aber er hatte vieles gesehen. Wir wussten ja nicht viel vom Krieg. Wir hatten keine Ahnung, was die Faschisten angerichtet hatten, wir waren weit weg von der Front, wussten nicht, was wir den offiziellen Nachrichten glauben konnten und was nicht. Lew erzählte, was er in der Gefangenschaft erlebt hatte, erzählte von den zerstörten Städten, die er aus dem Zug gesehen hatte. Und irgendwann habe ich gesagt, dass ich ihm helfen kann, ohne Zensur mit seinen Leuten zu korrespondieren. Ich mochte ihn. Er konnte ein wenig Ukrainisch, weil sein Großvater, ein Professor für Latein, Ukrainer war und ihm ein paar Brocken beigebracht hatte. Also sprachen wir manchmal Ukrainisch, das hatte ich sehr vermisst. Wir haben über ihn gelacht, weil er nicht zu den Amerikanern gegangen ist. Aber nachdem Swetlana ihn besucht hatte, habe ich ihn verstanden. Er hat sich nicht gegen die Freiheit in Amerika entschieden, er hatte sich für Swetlana entschieden, und sie haben sich ihre eigene Freiheit erobert. Das hat mir sehr imponiert. Ich habe mich manchmal gefragt, wie ich mich entschieden hätte. Ich weiß es nicht, ich wünschte, solche Fragen wären mir gar nicht in den Sinn gekommen. Vorbilder können auch eine Last sein. Lew war ein Vorbild für mich, sein Interesse an allem, seine Fähigkeit, sich Ziele zu setzen ... Ich war nicht so, aber ich ließ mich von ihm und der ganzen Mannschaft im Labor mitziehen.«

»Warum lassen Sie sich nicht vom Museum interviewen?«, fragte Alexander.

»Ich habe es versucht. Habe meiner Dascha vom Lager erzählt, habe in ein Heft geschrieben. Aber die Erinnerungen haben nichts leichter gemacht, im Gegenteil. Wie soll ich damit umgehen, dass ich die Ermordung meiner Familie überlebt habe, weil ich als Jude in ein Lager im Osten gesteckt wurde? Ich habe versucht zu erzählen, aber die Qualen wurden schlimmer. Deswegen schweige ich lieber.«

Alexander sah den alten Mann an. Er wusste, dass er ihn am nächsten Tag verlassen und nicht mehr wiedersehen würde. Vielleicht wird er ihn anrufen, sich nach seiner Gesundheit erkundigen, ihm etwas Belangloses erzählen. Und bei jedem Anruf wird er bangen, ob Israelitsch den Hörer abhebt. Gerade war ein weiterer Zeitzeuge gestorben und dem nächsten sah Alexander ins Gesicht.

»Ich will noch ins Museum, Jakow Israelitsch. Wollen Sie vielleicht mitkommen?«

»Nein, nein. Heute ist kein guter Tag dafür.«

»Entschuldigen Sie.«

»Gehen Sie ruhig, was sollen Sie hier, kommen Sie morgen vorbei, Ihr Zug geht ja spät, dann essen wir noch gemeinsam.«

Graue Dämmerung, frischer Schnee, stille Schritte.

Natascha saß an ihrem Schreibtisch, lächelte. »Sie sind wieder allein?«

»Lew ist heute Nacht gestorben«, sagte Alexander.

»Ach, Gott. Wie denn ...?«

»Er hatte eine Herzerkrankung, und dann die ganze Aufregung. Er kam zum Sterben hierher, das habe ich von Jakow erfahren. Die beiden haben nur nicht damit gerechnet, dass es so schnell geht.«

Natascha sagte zunächst nichts, dann bot sie Tee und Kaffee an und zeigte auf kopierte Unterlagen. »Das sind noch mehr Erinnerungen vom Lagerpersonal. Wenn Sie Fragen haben, zu einzelnen Orten, zu einzelnen Menschen, dann schreiben Sie mir. Hier in der Gegend gab es auch kleine Kämpfe während des Krieges, über die weiß man noch nicht viel. Die Faschisten wollten wohl die Eisenbahnlinie zerstören, um die Kohleversorgung aus dem Norden zu unterbrechen. Aber unsere Leute haben die Fallschirmspringer erwischt. Vielleicht ist das für Sie auch interessant? Petschora ist klein, aber in der Geschichte der Stadt gibt es große Dramen.«

Alexander bedankte sich, nahm die Kopien und ging zum Hotel. Er musste nur die Straße hoch, vorbei an Händlerinnen, die, dick eingepackt, gefrorenen Fisch, Butter und Fleisch verkauften. Die Frauen standen an einer gut beleuchteten Bushaltestelle, wechselten in ihren Filzstiefeln von einem Bein aufs andere und lachten. Ein Café am Straßenrand warb mit internationaler Küche. Er ging hinein und fand sich in einem durchdesignten Raum wieder, in dem ihn elektronische Musik, Weine aus Österreich, Frankreich und Spanien, Sushi, zentralasiatisches und ukrainisches Essen vergessen lassen wollten, wo er sich befand. Er bestellte Plow, ließ es sich einpacken, kaufte eine Flasche georgischen Weins und ging ins Hotel.

Er aß bei offenem Fenster, blickte immer wieder in Richtung Lager, wo der Backsteinschornstein vom ehemaligen Heizungswerk in den dunkelgrauen Himmel ragte. Auf seinem Hotelbett lagen Briefe von Lew, die er noch nicht gelesen hatte.

In der Nacht wälzte er sich umher, stand schließlich auf, öffnete wieder das Fenster, weil Lews Geruch, der noch im Raum hing, ihn nicht schlafen ließ. Er nahm einen Brief raus, April 1953.

Sweta,

wir verstehen nicht, was geschieht. Als wir von Stalins Tod erfuhren, als er uns offiziell mitgeteilt wurde, erste Gerüchte hatten wir schon gehört, da brach hier eine eigenartige Stimmung aus. Einige Männer weinten, andere lachten, wieder andere standen apathisch in der Kälte und bewegten sich nicht. Und nach einigen Tagen wurde erneut das gesamte Lager zusammengerufen. Wir wurden über unsere Rechte belehrt, wir wurden aufgefordert, Vergehen des Lagerpersonals anzuzeigen und zu melden, wenn uns jemand schlecht behandelt. Sie siezen uns jetzt. Wir verstehen das nicht. Wir können kaum glauben, dass das nicht irgendeine Falle ist. Was geschieht da draußen? Wie ist die Stimmung in Moskau?

Schreib mir bitte bald.

Dein Ljowa

TAG 7

Alexander fand keinen Schlaf. All die Männer und Frauen, die er interviewt hatte, hielten ihn wach. Er hörte ihre Stimmen, hatte den Geruch ihrer Wohnungen in der Nase, ihre Erzählungen verschmolzen zu einer einzigen großen Geschichte.

In einem ihrer ersten Briefe, die Lew über Israelitsch erhalten hat, hatte Swetlana geschrieben: »Und hör ja nicht auf zu strampeln, Du musst strampeln, immer weiter strampeln.« Sie hatte ihn an die Fabel über die Frösche erinnert, die in einen Krug Milch hüpfen und dann so lange strampeln, bis die Milch zu Butter wird und sie aus dem Krug springen können.

Wenn die Gefangenen in den Untersuchungsgefängnissen ihr Urteil erhielten, ritzten sie ihren Namen und die Strafe in die Wand der Gemeinschaftszelle. Das hatte ihm Katja Iwanowa erzählt.

»Warum?«, hatte Alexander gefragt.

»Wie warum?«, hatte sich Iwanowa gewundert. »Damit die anderen es wissen, damit etwas von uns bleibt.«

Damit etwas bleibt.

Als Katja Iwanowa im ersten Lager hinter dem Baikalsee ankam, war Winter. »Unerträglicher Frost. Wir mussten aus dem Zug raus und uns im Schnee hinknien. Wir waren noch Kilometer vom Lager entfernt, wurden angeschrien und geschlagen. Die Wachen, wissen Sie, mir fällt es schwer, diese Bestien als Menschen zu bezeichnen ... Ihre Hunde waren sympathischer als die ... diese Wachen fluchten und brüllten und ließen uns im Schnee frieren, bis der Letzte aus dem Zug draußen war. Dann marschierten wir los.«

Im ersten Lager fällte sie Bäume. Dann spaltete sie die Stämme, schleppte die Bretter. Sie hatte Schmerzen in der Brust. »Ich konnte nicht mehr. Da habe ich daran gedacht, alles zu beenden. Aber ich wurde ganz überraschend verlegt. Auf der Etappe habe ich mir ein Stück Draht besorgt, und ich glaube nicht, dass Sie das verstehen, aber der Gedanke, dass ich mir damit ein Ende bereiten konnte, gab mir Kraft. Wenn alles noch schlimmer würde, habe ich gedacht, dann habe ich es selbst in der Hand, mein Leben zu beenden. Im zweiten Lager kam ich in eine Kultur-Erziehungsgruppe. Da habe ich gemalt. Und da hatte ich Glück mit dem Leiter der Gruppe. Ein außergewöhnlicher Mensch. Er hörte uns zu, er sah in uns keine politischen Feinde, sondern Menschen. Vielleicht glaubte er wirklich, dass man uns umerziehen konnte. Er hasste uns nicht. Er war eine Ausnahme, und mir gab er die Hoffnung zurück, dass ich eines Tages wieder rauskomme. Ohne ihn hätte ich vielleicht aufgegeben. Seinen Namen habe ich vergessen, aber ich habe ihn gemalt.«

Iwanowa zeigte auf das Portrait eines jungen Mannes, das zwischen vielen anderen Bildern im Wohnzimmer hing. Er hatte ein grünes Militärhemd an, oberster Knopf geöffnet, die Haare glatt nach hinten, bräunliche Augen, die weich und freundlich zur Seite blickten.

»Sie mochten ihn?«

»Ja, ich mochte ihn. Aber trotz allem war ich seine Gefangene.«

Alexander dachte an Israelitschs Worte, daran, dass er viele Stimmen nie hören würde, die Stimmen derjenigen, die es nicht geschafft hatten oder nicht in der Lage waren, ihre Erfahrungen aufzuschreiben.

Alexander ergab sich der Schlaflosigkeit. Er dachte an die mehr als zwei Dutzend Briefe, die Israelitsch aus Lews Rucksack genommen und ihm gegeben hatte. Die anderen, den »Koffer voller

Briefe«, hatte er bisher nicht. Und Lew war tot; und Alexander voller Neugier und schlechtem Gewissen darüber.

Er öffnete die Fenster, schaltete das Licht an und sortierte die Briefe. 31 insgesamt, der letzte vom Februar 1954. Er legte sie in die Mappe mit den kopierten Unterlagen aus dem Museum. Dann packte er seinen Koffer, schloss die Fenster und ging runter in die Lobby.

Seine Schritte weckten die Frau am Empfang. Er entschuldigte sich.

»Alles okay, ich arbeite ja, kann ich etwas für Sie tun? Haben Sie aus dem Krankenhaus was gehört? Geht es Ihrem Bekannten besser?«

»Er ist gestorben«, sagte Alexander.

Die Frau stockte, stand auf. »Mein Beileid, das tut mir sehr leid«, sagte sie. »Das ist traurig.« *Petschalno.*

»Er hatte Probleme mit dem Herzen. Schon auf dem Weg hierher hatte er einen Anfall, aber dann ging es ihm besser«, erzählte Alexander. Vielleicht hat er aber auch nur glauben wollen, dass es Lew besser ging.

»Wo wollen Sie hin um diese Uhrzeit?«

»Nur kurz durchatmen, ich kann nicht schlafen.«

»Ich mache uns Tee, Sie atmen durch und ich mache uns Tee.«

Ljuba hieß die Frau, Ljubow mit vollem Namen, übersetzt: Liebe. Sie war über 50, geschieden, hatte eine Tochter, um die sie sich sorgte, weil sie nicht wusste, was diese während ihrer Nachtschichten trieb, und lebte bereits in der dritten Generation in der Stadt.

»Wie kamen Ihre Großeltern hierher?«

»Das kann ich nicht sagen, ich habe da nur einen Verdacht. Ende der 1980er Jahre und in den 1990er Jahren hat unsere Stadtzeitung viele Berichte über das Lager gebracht. Es ging fast immer um ehemalige Häftlinge, viel Kritik an der Sowjetunion, an Stalin. Da lebten meine Großeltern noch, und sie schimpften, wenn sie die Berichte lasen. Ich fragte, warum sie so schimpften, wenn es doch die Wahrheit war. Mein Großvater antwortete sehr streng, überhaupt war es das einzige Mal, dass er mit so einer eigenartigen, dunklen Stimme mit mir sprach. Ich solle mir nicht anmaßen, über sein Leben zu urteilen. Und dann sagte er etwas, was ich lange nicht verstanden hatte, er sagte: ›Es war nicht alles sinnlos.‹«

Alexander und Ljuba saßen im hohen Empfangsraum des Hotels in tiefen Sesseln und tranken Tee.

»Ich denke, er hat mit dem Lager etwas zu tun gehabt«, erzählte Ljuba. »Er hatte eine sehr gute Rente, ein einfacher Arbeiter wird er nicht gewesen sein. Meine Großeltern sind schon lange tot, und meine Mutter will nicht über die Vergangenheit sprechen.«

»Der alte Mann, mit dem ich hierhergekommen bin, hat hier fast zehn Jahre als Gefangener verbracht. Seine Frau hat dreizehn Jahre auf ihn gewartet, ihn hier besucht. Ich frage mich, warum er noch einmal hierher wollte.«

»Arme Seelen sind sie alle. Vielleicht suchen sie etwas?«

»Und was?«

»Das fragen Sie mich? Ich würde die Stadt lieber heute als morgen verlassen. Meine Tochter liegt mir in den Ohren, auch sie will weg. Sie sieht hier keine Zukunft. Recht hat sie ja, aber wo sollen wir hin? Vielleicht finden die hier Öl oder Gas oder sonst etwas. Dann kommen große Unternehmen, dann kommen neue Leute, so wie am Anfang.«

»Am Anfang war das Lager.«

»Ja, ohne das Lager gäbe es die Stadt nicht.«

Alexander hielt sich zurück. Bei seinen ersten Gesprächen hatte er sich auf Diskussionen darüber eingelassen, welchem Zweck die Lager dienten. Konnte das Land nur mit Gewalt modernisiert werden? Hat Stalin gar nicht gewusst, welche Zustände in den Lagern herrschten? War der Terror nach der Revolution unvermeidlich und zwangsläufig?

Einige ehemalige Gefangene rechtfertigten das System trotz ihres erlittenen Leids. Für sie galt nur ihr eigener Fall als ein Fehler im System – nicht der repressive Staat an sich. Konstantin Mironow, einer von ihnen, sagte eines Tages, dass sein Kopf ganz klar das Gulag-System verurteilt, aber sein Herz sich weigert, seine Jahre der Gefangenschaft als verschwendet zu betrachten.

»Was haben Sie gelernt, Ljuba?«, wechselte Alexander das Thema.

»Ich bin eigentlich Biologin, habe in Leningrad studiert und bin zurückgekommen. Wir hatten hier eine Pflanzenzuchtstation, dort habe ich geforscht, bis diese geschlossen wurde. Seitdem schlage ich mich durch.«

»Geht es hier vielen so?«

»Ja, sehr vielen. Von meinen Bekannten arbeitet kaum jemand in dem Beruf, den er gelernt hat. Viele sind weggezogen, in große Städte oder ins Ausland. Wir sind Getriebene. Seit fünfundzwanzig Jahren keine Ruhe, eine Krise nach der anderen. Was war ich froh, als Xenija geboren wurde, ein Mädchen und kein Junge. Freunde haben im ersten Tschetschenien-Krieg einen Sohn verloren und sein Bruder hat danach mit Drogen angefangen. Meine Tochter muss nicht zur Armee und ist klug; wenn sie gut lernt, steht ihr die ganze Welt offen.«

»Und gehen Sie dann mit?«

»Ich? Ich gehe in sechs Jahren in Rente. Wer braucht mich dann noch?«

»55 ist doch kein Alter«, sagte Alexander. Er wusste, dass in Russland die Rente für Frauen mit 61 beginnt.

»Bei Ihnen im Westen nicht. Bei uns bin ich dann *Babuschka.*« Sie lachte.

Es war fast vier Uhr früh. Der Zug nach Moskau fuhr um 0:25 Uhr ab. Er dankte für den Tee, fragte, ob es erlaubt sei, dass er erst am Abend auschecke, und ging hoch. Im Zimmer roch es noch immer nach Lew.

Alexander wachte vom Klopfen auf. Er öffnete die Tür, Ljuba sagte, das Frühstück stehe bereit. Sie komme erst in einigen Tagen wieder zur Arbeit. Sie wünschte ihm alles Gute und rief im Gehen: »Vergessen Sie uns nicht.«

Er öffnete ein Fenster, setzte sich auf sein Bett, nahm sein Handy und rief den Taxifahrer an. Ob er ihm ein wenig die Stadt zeigen könne?

Alexander wollte mehr von Lews vergangener Welt sehen, mehr verstehen und so seinem Andenken vielleicht auch gerecht werden.

Kurz nach zehn stand der Taxifahrer vor dem Hotel.

»Sie sind doch aus Deutschland? Dann zeige ich Ihnen was anderes, ich zeige Ihnen Berlin.«

Sascha war Mitte 30, sah jedoch deutlich älter aus. Wie so viele russische Männer. Petschora hatte er nur für die Zeit der Wehrpflicht verlassen, nach zwei Jahren kehrte er zurück und arbeitete als Fahrer im Zementwerk, bis er während der Krise Ende der 1990er entlassen wurde. Seitdem versuchte er, als Taxifahrer über die Runden zu kommen.

»Für mich und meine Frau reicht es«, sagte er. Kinder hätten sie gewollt, aber keine bekommen. »Schicksal.«

Sascha steuerte den Wagen schlängelnd, den Schlaglöchern ausweichend aus der Stadt. Als sie den Fluss Petschora überquerten, zeigte er auf die Eisenbahnbrücke, über die Alexander und Lew gefahren waren. Sie ruhte auf einem Dutzend Betonpfeilern, überspannt von Metallbögen. Die Brücke war Anfang des Krieges errichtet worden, erst auf Holz gestützt, dann auf Beton.

»Mein Vater war dabei und Begin.«

»Wer?«

»Na der Jude Begin, späterer Premierminister von Israel, Nobelpreisträger. Er war auch hier im Lager. Er hat darüber sogar in einem Buch geschrieben. Wir sind berühmt«, Sascha lächelte.

Auf der anderen Seite des Flusses beschleunigte er. Die Straße war schneebedeckt. Weiße Felder, nur wenige niedrigwüchsige Nadelbäume, einzelne, verlassene Häuser, neben ihnen verrostete Pflüge, Traktoren, Silos.

»Früher hatte sich die Stadt zum großen Teil selbst versorgt«, erzählte er. Nach der Privatisierung Anfang der 1990er Jahre seien viele kleine Betriebe schnell pleite gegangen. Die Menschen seien weggezogen, viele hätten gesoffen und nicht wenige seien in den Fluss gegangen.

»War eine schlimme Zeit.«

Nach einer halben Stunde Fahrt hielt Sascha in einer Siedlung, an der Bahnlinie. Hinter dem Gleis waren Holzhäuser zu sehen, Zäune umgefallen, Fensterscheiben eingeworfen, Türen ausgebaut.

»Das ist Berlin.«

Sascha ging voraus, über die Gleise, die Böschung hinunter. Die Siedlung hieß Kadschirom, nach einem kleinen Fluss, an dem sie lag. Hier hatten 200 Deutsche gelebt. Die ersten wurden 1938 von der Krim deportiert, andere kamen nach 1945. Es waren Verbannte. Zwischen 1989 und 1992 wanderten fast alle von ihnen nach Deutschland aus.

»Als Kind habe ich hier die Sommermonate verbracht. Mein

bester Freund war Deutscher, Boris«, erzählte Sascha. »Wir haben Reusen in dem Flüsschen gebaut und dann die Äschen mit Boris' Großvater geräuchert. Morgens haben wir die Kühe auf die Weide gebracht und abends die frische Milch getrunken. Wir haben uns sogar in dasselbe Mädchen verliebt, Lena aus unserer Klasse. Als Boris wegging, interessierte mich Lena auch nicht mehr, ich war 14 oder 15, habe mich geprügelt, dass die Knochen wehtaten. Ich war so wütend.«

Der Schnee lag hoch. Alexander spürte, wie er in seine Schuhe drang. Sie gingen zwischen Häusern, deren Dächer teilweise eingefallen waren, Strommasten ohne Stromkabel standen entlang einer Straße.

»Vor zwei Jahren kam Boris zu Besuch«, erzählte Sascha weiter. »Wir haben schöne Tage verlebt, haben Schaschlik gemacht, Beeren und Pilze gesammelt, waren jagen. Aber seit er weg ist, haben wir nicht mehr miteinander gesprochen. Den Boris von damals gibt es nicht mehr.«

»Haben Sie mal daran gedacht wegzugehen?«

»Nein«, sagte Sascha knapp und ging voran. »Kommen Sie, ich will schauen, ob sein Haus noch steht.«

Die Pfade zwischen den Häusern waren unbetreten, der Schnee unberührt. Ab und an Tierspuren, Fuchs, Hase, Marder. Lange war hier kein Mensch mehr gewesen.

Sie näherten sich dem Ende der Siedlung, zwischen drei Häusern befand sich ein Brunnen, die lange Holzwippe, über die der Eimer zum Wasser gesenkt und gehoben wurde, ruhte, als warte sie nur darauf, dass eine Menschenhand sie wieder berührt.

Sascha deutete auf das rechte Haus. Dort habe Boris' Familie gelebt. Er sei da ein- und ausgegangen, sei wie ein Kind der Familie behandelt worden. Die Großmutter hätte nur Deutsch gesprochen, immerzu gesungen und gebetet. Die Oma habe immer nach Deutschland gewollt, aber als sie schon die Koffer gepackt hatten, sei sie krank geworden und nach wenigen Tagen gestorben.

»Hätte Gott ihr nicht noch ein paar Tage geben können? Versteh das einer. Jetzt liegt sie hier allein.«

Sascha umrundete das Haus, trat an ein Fenster, schaute hinein. Sie stapften durch den Schnee zurück, überquerten die Gleise und stiegen wieder in den Wagen.

»Also, dass ich nicht wegwill, das ist nicht ganz richtig«, griff Sascha die Frage wieder auf. »Meine Mutter lebt noch. Als Fahrer finde ich überall Arbeit. Aber solange meine Mutter noch lebt, will ich nicht weggehen, das kann ich ihr nicht antun.«

Er fuhr zum Hotel, Alexander holte seinen Koffer und checkte aus. Bevor sie zu Israelitsch fuhren, fragte er Sascha, ob er das ehemalige Untersuchungsgefängnis des Lagers kenne.

»Das kennt jeder. Da lebt heute eine Verrückte mit ihren Hunden. Ich bringe Sie hin, aber wir bleiben im Auto, das ist sicherer. Die Hunde beschützen die Frau, bellen aggressiv, wenn sich jemand dem Haus nähert.«

Nach wenigen Minuten Fahrt auf der Hauptstraße bogen sie nach rechts ab auf einen unbefestigten Weg. Auf der linken Seite reihten sich Garagen, rechts standen Holzhäuer, erst bewohnte, aus deren Schornsteinen Rauch aufstieg, dann verlassene mit zugeklebten Fenstern. Sie kamen an ein Feld, auf dem ein zweistöckiges Haus stand. Das Holz dunkel, verwittert, manche Fenster mit Brettern zugenagelt. Auf der ihnen zugewandten Seite hingen alte Tafeln mit verblichenen kommunistischen Losungen. Junge Birken wuchsen am Haus, an schiefen Zaunpfosten hing verrosteter Stacheldraht.

Auf den Schneehügeln rund um das Haus lagen die Hunde. Als

Sascha anhielt, hoben sie ihre Köpfe. Ein Tier erhob sich und alle anderen taten es ihm nach, die Augen auf den Wagen gerichtet, die Körper angespannt.

»Die Frau ist die Tochter eines Milizionärs. Er hatte hier seine Dienststelle. Keine Ahnung, warum sie sich hier eingenistet hat, sie lässt niemanden ans Haus. Sie füttert die Hunde, und die gehorchen ihr.«

»Lebt sie schon lange hier?«

Sascha hob die Schultern: »Seit Jahren.«

»Vom Lager gibt es nicht mehr viele Gebäude, warum wird dieses nicht bewahrt und gepflegt?«

»Wissen Sie, für das Lager interessieren sich hier nur eine Handvoll Leute. Wir haben zu wenig Geld für Straßen und Schulen, woher sollen wir noch für die Ruinen Geld nehmen? Mir ist ja klar, dass es unsere Geschichte ist. Aber wir sind zu sehr mit dem Heute beschäftigt. In der Vergangenheit zu wühlen, das ist Luxus. Und für Luxus haben wir keine Zeit. Und kein Geld.«

Sascha startete den Wagen. Die Hunde legten sich wieder hin. Es dämmerte. Vor dem Haus von Israelitsch verabschiedete Alexander sich von Sascha, stieg aus, nahm seinen Koffer, hob ihn hoch und trug ihn zur Tür.

Israelitsch hatte die Reste des Essens vom Vortag angebraten, dazu eingelegte Tomaten und Gurken auf den Tisch gestellt und seinen Selbstgebrannten rausgeholt.

Nach dem Essen und zwei Schnäpsen gab Israelitsch Alexander einen Schlüssel.

»Der gehört zu Lews Wohnung. Er wollte ihn Ihnen geben. In der Wohnung finden Sie seine und Swetlanas Briefe. Für seinen Sohn und seine Enkelin hat Lew Abschiedsbriefe hinterlassen, hat er mir erzählt. Rufen Sie mich bitte aus Moskau an, ob sie noch da sind. Vielleicht muss ich seinen Sohn anrufen und ihm alles erklären.«

Alexander fand keine Worte. Er hatte zwar überlegt, Aljona von Memorial nach Dokumenten von Lew oder Kopien der Briefe zu fragen, aber durfte er überhaupt ...

»Das ist Lews Wille. Sie müssen nichts sagen, Alexander. Lassen Sie uns lieber noch einen Schluck auf ihn trinken.« Israelitsch schenkte ein, schnitt dunkles Brot in kleine Stücke, legte Speck drauf, leerte sein Glas und aß.

Um halb zwölf sah Alexander auf die Uhr, trank seinen Tee aus und verabschiedete sich.

»Ich bin sehr froh, dass ich Sie kennengelernt habe, Jakow. Ich würde gerne sagen, dass wir uns wiedersehen, aber ...«

»Nein, nein«, unterbrach ihn Israelitsch, »sagen Sie nichts. Gehen Sie einfach. Sagen Sie nichts, das ist hier nicht üblich. Sie haben mir meinen Freund gebracht, meine Dankbarkeit kann ich gar nicht in Worte fassen. Hier«, er ging zum Küchenschrank, bückte sich und holte eine kleine Flasche raus, »der ist aus Torfbeeren gebrannt. Steht schon lange hier, aber er war mir zu wertvoll, um ihn allein zu trinken. Nehmen Sie ihn mit, trinken Sie ihn, wenn Sie krank sind, oder wenn Sie mit den richtigen Menschen zusammen sind.« Israelitsch versuchte zu lächeln. »Danke, Alexander.«

Zum Bahnhof waren es keine fünfzehn Minuten, der Frost und die Straßenhunde auf den leeren, schlecht beleuchteten Wegen ließen ihn schnell gehen. In der Bahnhofshalle lagen Passagiere auf den Bänken und warteten auf die Nachtzüge. Ein Schalter war geöffnet. Alexander fragte nach einer Fahrkarte für Moskau und legte seinen Pass vor.

»Für heute?«, wunderte sich die Frau am Schalter, »Na, mal sehen.«

»Warum, gibt es keine freien Plätze?«

»Schauen wir mal, schauen wir mal.« Sie tippte auf ihrer Tastatur. »Drei Plätze noch frei, von 400. Sie haben Glück.«

»Es hieß, im Winter sei es kein Problem, einen Platz zu bekommen.«

»Kein Problem, wenn Sie herkommen. Aber wenn Sie von hier wegfahren, dann wird es eng. Jetzt fahren die Saisonarbeiter aus Workuta nach Hause und manche wollen die dunkelsten Monate nicht hier verbringen, fahren zu Verwandten in den Süden.«

Die Frau druckte die Fahrkarte aus und schob sie durch eine kleine Öffnung im Fenster, durch das sie sprachen. »Gute Reise«, sagte sie und lehnte sich wieder zurück.

In der Halle war es stickig, zu warm. Draußen Kälte. Alexander freute sich auf die Zugfahrt.

TAG 8

Wie ein Wal aus der dunklen Tiefe erschien der Zug im Bahnhofslicht. Diesel-Kohlegeruch breitete sich aus, niemand stieg aus, Alexander kletterte in den Waggon. Eine Zugbegleiterin sah auf sein Ticket, schickte ihn hinein. Im gedämmten, orangefarben ausgeleuchteten Wagen sah er, dass sein Platz belegt war, auch auf allen anderen Betten lagen Menschen. Er wandte sich an die Zugbegleiterin, sie weckte den Mann, der auf seinem Platz lag und fragte nach dessen Fahrschein. Darauf war ein anderer Waggon vermerkt, die Zugbegleiterin schickte Alexander dorthin.

Auch dieser Platz, unten links, war belegt. Eine ältere Frau lag dort, das Bett über ihr war frei. Alexander hievte seinen Koffer in die Ablage und kletterte hoch. Um 0.54 Uhr fuhr der Zug ab. 32 Stunden bis Moskau.

Der Waggon war überheizt, es roch nach Fleisch und Fisch und in Essig eingelegtem Gemüse. Auf dem Tisch zwischen den unteren Betten standen offene Bierdosen. Alexander zog Jacke und Pullover aus und kletterte wieder herunter. Die Bierdosen waren leer, er brachte sie zu den Mülleimern vorn im Waggon, ging auf die Toilette und kletterte wieder auf seinen Platz. Das gleichmäßige Rattern der Räder ließ ihn einschlafen, doch jedes Mal, wenn der Zug hielt, die Durchsagen auf den Bahnhöfen kamen oder der Zug mit einem Ruck wieder anfuhr, wachte er auf.

Als er wieder auf die Handyuhr blickte, war es kurz nach sechs Uhr. Der Zug stand, durch die Gardine drang weichgelbes Licht, Alexander schob die Gardine zur Seite und sah, dass sie in Uchta waren. Passagiere stiegen aus und ein. Die Zugbegleiterinnen verteilten frische Decken, Kissen und Matratzenbezüge. Die Liege unter ihm war frei, er wechselte nach unten. Dort war mehr Platz und er konnte sich bequem hinsetzen, den Rücken durchstrecken, aus dem Fenster blicken. Er kaufte Tee und Haferkekse, er dachte an Lew.

Nahm sein Diktiergerät, die Kopfhörer und schaltete die Gespräche mit Lew von der Hinfahrt an.

»Ich habe Swetlana einmal gefragt, wie sie es geschafft hatte, mich nicht aufzugeben. Im Gegensatz zu mir war sie in Freiheit, und es gab viele Männer um sie herum. Ich war ja nicht der Einzige, der sich in sie verliebt hatte. Allein in unserem Kurs an der Universität gab es noch jemanden, der ihr Briefe schrieb. Aber ich hatte wohl Glück, etwas an mir muss ihr gefallen haben. Im Krieg war es schwer für sie, sie musste ihr Studium unterbrechen, kümmerte sich um ihre Eltern und unterrichtete Kinder aus der Nachbarschaft. Sie beschäftigte sich viel, um nicht ständig an mich zu denken, das hat sie mir später erzählt. Aber trotzdem vergaß sie mich nicht. Und ironischerweise waren es die Geheimdienstler, die ihr Hoffnung gaben. 1943 kamen sie zu Swetlana und fragten sie, wann sie das letzte Mal von mir gehört hat. Danach musste Swetlana jeden Monat in eine Wohnung auf der Twerskaja Straße kommen und berichten, ob ich mich gemeldet hätte. Sie hat natürlich protestiert, wieso sollte sie jeden Monat dahin gehen und sich erniedrigen lassen. Aber eine Wahl hatte sie nicht. Irgendwann hat sie verstanden, dass ich nicht tot sein konnte. Meine Einheit war ja unweit von Moskau zerschlagen worden, viele Kameraden wurden getötet, ihre Leichen wurden gefunden. Aber einige fehlten, auch meine. Der NKWD glaubte, wir würden für die Faschisten als Spione arbeiten. Das haben die Faschisten tatsächlich versucht. Jedenfalls mussten die Angehörigen dem Geheimdienst berichten, wenn sich ein verschollener Soldat bei ihnen meldete. Unser eigener Geheimdienst wollte, dass Familien ihre Väter und Söhne verrieten. Was für ein System! Auch nach dem Sieg musste Swetlana sich weiter jeden Monat melden. Ebenso, als ich längst im Lager war und der Geheimdienst das eigentlich hätte wissen müssen. Keine Ahnung, was die damit noch bezweckten. Dann schrieb ich meinen ersten Brief, Swetlana knallte ihn denen auf den Tisch und sagte, dass sie nicht mehr kommt. Die haben gelacht.«

Lews Stimme klang, als sitze er neben Alexander. Er fühlte sich dem alten Mann, den er nur wenige Tage gekannt hatte, sehr verbunden.

»Ja, und wissen Sie was? Das hat mir Swetlana erst viele, viele Jahre später erzählt. Sie war bei ihrer ersten Reise zu mir ohne Fahrkarte unterwegs. Sie hatte einen wunderbaren Chef im Institut. Er hatte selbst Angehörige im Lager. Nachdem sie erfahren hatte, wo ich war, wollte sie so bald wie möglich zu mir. Aber es war nicht so einfach, für die Züge in den Norden Fahrkarten zu bekommen. Bis Kotlas war es kein Problem, aber danach wurde man verdächtig. Wer reiste schon in den Norden? Nur Angehörige von Kriminellen oder politischen Gefangenen. Oder Angehörige vom Lagerpersonal, doch die hatten besondere Papiere. Swetlana besprach sich mit ihrem Chef, er empfahl, sich eine Ärztinnenuniform zu besorgen und in Kotlas einfach im Zug zu bleiben. Das hat sie zwar so gemacht, aber der Schaffner verlangte dennoch, dass sie ausstieg. Sie protestierte, sagte, sie habe einen Befehl und müsse weiter. Er wollte den Befehl sehen, aber sie weigerte sich und die anderen Passagiere unterstützten sie. Ihre Uniform half ihr, machte sie glaubwürdiger. So kam sie zu mir, nicht nur illegal, sondern auch noch ohne Fahrkarte.

Manchmal war ich froh, dass Swetlana mir nicht alles erzählt hat, was sie getan hat. Sie war immer für ein Abenteuer zu haben, ich hatte nach den Kriegsjahren und dem Lager für den Rest meines Lebens genug.

Ganz zum Schluss, als sie kaum noch gehen konnte und mich an manchen Tagen nicht mehr erkannte, blitzte ihre Lebenslust trotzdem auf. Sie wollte Eis essen, und zwar das Sahneeis von früher. Als wir jung waren, gab es das Eis nur in der Nähe des Kremls, wir liefen nach den Vorlesungen oft deshalb dort zum Kiosk. Und zum Ende ihrer Tage, da wollte sie Eis von eben diesem Kiosk. Den gibt es natürlich schon lange nicht mehr. Ich kaufte das Eis in einem Supermarkt und erzählte ihr, dass ich am Kreml war und dass dort noch immer die alte Frau arbeitet wie in unserer Jugend. Swetlana lachte. Es waren ganz wundervolle Augenblicke, und ich ...«

Alexanders Handy klingelte. Eine unbekannte Nummer mit Moskauer Vorwahl. Er ließ es klingeln, niemand hatte seine Nummer, nur die Memorial-Mitarbeiterin Aljona. Aber ihre Nummer war eingespeichert. Das Klingeln hörte auf. Alexander spulte zurück.

»Es waren ganz wundervolle Augenblicke, und ich hätte ihr gerne gesagt, dass sie es war, die mich am Leben gehalten hat. Bis heute träume ich vom Lager, davon, wie ich den Weg nach Hause suche und nicht finde, oder ich hungere und hungere, oder ich sehe die Gesichter anderer Gefangener. Nach jedem Albtraum habe ich Swetlanas Nähe gesucht. Wenn ich sie spürte, sie roch, sie hörte, holte mich das aus dem Albtraum raus. Sie war mein Frieden. Nun ist sie weg. Ich merke, dass meine Kraft schwindet. Und allein kann ich mich gegen diesen Kopfterror nicht wehren.«

Alexander drückte auf die Pausentaste. Hätte er irgendetwas für Lew tun können? Was? Und wie? Ihm fiel nichts Passendes ein.

Er notierte sich die Stelle der Aufnahme, an der er gestoppt hatte. Dann packte er das Diktiergerät in seinen Rucksack zu den Briefen und Notizen von Lew und ging damit ins Bord-Restaurant. Nur an einem Tisch war noch Platz, er fragte, ob er sich dazu setzen dürfte. Zwei Männer und eine Frau nickten. Sie kamen aus Inta, nördlich von Petschora. Nach dem Frühstück wusste Alexander, dass sie Geschwister waren und in Inta ihre Eltern besucht hatten. Sie waren erst zum Studium und dann für immer aus der Kohle-Stadt weggegangen.

Sie verließen den Speisewagen, er blieb sitzen, bestellte noch einen Kaffee, sah seine Unterlagen durch und holte Lews blaues Notizbuch hervor.

Punkt 10: Urteil: »Rückblickend weiß ich natürlich, dass ich gegen Smersch keine Chance hatte. Unser Geheimdienst suchte nicht nach Kollaborateuren, Spionen und Soldaten, die Verbrechen begangen haben. Er suchte nach besonders schlimmen Fällen unter uns Schuldigen. Dass wir alle schuldig waren, das stand schon fest, als wir von den amerikanischen Lastwagen stiegen und von unseren Leuten mit entsicherten Gewehren begrüßt wurden. Der erste Geheimdienstler, der mich verhörte, warnte mich, dass ich erschossen werde, wenn ich nicht gestehe. ›Wir haben dich drei Jahre lang gesucht, wir wissen genau, dass du von den Nazis angeworben worden bist‹, sagte er. Ich widersprach, aber es war sinnlos. Ich sagte, es stimme, dass man mich anwerben wollte, ich mich aber verweigert habe. ›Dann hätten die dich erschossen‹, schrie der Geheimdienstler. Und damit hatte er nicht Unrecht. Das hatte ich ja selbst erwartet. Aber ich wurde eben nicht erschossen, und das belastete mich in den Augen des Smersch. Am Ende fälschten sie mein Geständnis. Nach einem Monat Verhör, ewiger Müdigkeit und Hunger, wechselten sie plötzlich den Ton und sagten, es hätte sich alles aufgeklärt. ›Mitgefangene haben deine Aussagen bezeugt, unterschreib einfach hier und du kannst bald nach Hause, kannst in Moskau wieder deine Physik studieren.‹ Ich unterschrieb. Ich unterschrieb, weil ich erleichtert war und nur noch meine Ruhe haben wollte. Ich unterschrieb, ohne all die Seiten zu lesen. Zwei Tage später las der Richter von diesen Blättern ab. Ich konnte nicht glauben, was ich hörte. Alles, wessen ich beschuldigt worden war, gestand ich. Verrat, Kollaboration, Propaganda. Als ich zum Schluss sagte, das könne doch nicht sein, hielt mir der Richter schweigend die Unterschrift unter die Nase. Im ruhigen Ton, ohne jedes erkennbare Gefühl, verurteilte er mich. Höchststrafe, Tod durch Erschießen. Aber das wurde sofort in zehn Jahre Arbeitslager umgewandelt. Wenige Tage später kletterte ich mit anderen Verurteilten in einen Güterwaggon und der Zug rollte gen Osten.«

Der Speisewagen leerte sich, nur noch wenige Passagiere tranken Tee und unterhielten sich. Alexanders Handy klingelte wieder, dieselbe unbekannte Nummer. Er zögerte. Dann nahm er ab.

»Ja?«

»Ist das Alexander List?« Eine Frauenstimme, jung.

»Ja. Mit wem spreche ich?«

»Marina. Ich habe Ihre Nummer in der Wohnung meines Großvaters gefunden, in einem Brief. Wo ist mein Großvater?«

Alexander sah sich um. Er stand auf, ging in eine leere Ecke des Wagens. Dort setzte er sich hin und schwieg. Handy am Ohr.

»Hören Sie mich?«, fragte die Frauenstimme.

»Ja ... ja, ich verstehe Sie.« Er schwieg wieder.

»Alexander, ich verstehe nicht, was die Briefe sollen, wo ist mein Großvater?«

»Briefe?«, fragte Alexander. »Was steht in den Briefen?« Alles drehte sich um ihn, er sah Lew vor sich, Lew am Tisch mit Primus zu seinen Füßen, Lew auf dem Boden im Zug, Lew mit Israelitsch im Schnee, Lew auf dem Boden im Hotel, auf der Krankentrage, im Leichenschauhaus.

»Es sind Abschiedsbriefe. Was ist mit ihm?«, fragte Marina noch einmal.

»Ich bin mit Ihrem Großvater nach Petschora gefahren, er ...«

»Ich weiß, wohin Sie gefahren sind, ich frage, was mit ihm ist.« Sie wurde lauter.

»Marina, ich bedauere sehr, dass ich Ihnen das am Telefon sagen muss ...« Alexander zögerte. Auf der anderen Seite Stille. Er sammelte sich und sagte: »Marina, Ihr Großvater ist gestorben. Vor zwei Tagen. Sein Herz hat nicht mehr mitgemacht. Es tut mir sehr leid.«

Zuggeräusche, Rauschen im Handy.

Alexander sagte: »Marina, ich bin auf dem Weg nach Moskau. Ich komme morgen früh an. Ich habe einen Schlüssel zur Wohnung Ihrer Großeltern. Wir können uns dort treffen.«

Zuggeräusche, Rauschen im Handy.

»Ich kann Ihnen erzählen, was passiert ist.«

Wieder Rauschen, Alexander wusste nicht, ob Marina ihn gehört hat. Schließlich sprach sie: »Auf dem Zettel mit Ihrer Nummer steht, dass Sie aus Deutschland sind, ein Historiker.«

»Ja, ich wollte Ihren Großvater interviewen. Es lief anders als geplant. Wir könnten uns morgen treffen, ich bin bereits vor elf Uhr in der Wohnung, wenn der Zug pünktlich ist.«

»Ich spreche mit meinem Vater, er ist im Ausland. Ich melde mich wieder.« Sie legte auf.

Alexander holte tief Luft, zog seinen Pullover aus, lehnte sich zurück. Er sah zum Tisch, an dem er vorher gesessen hatte. Lews blaues Buch lag dort, die anderen Unterlagen. Er packte alles zusammen und ging zurück in sein Abteil.

Auf seinem Platz saß eine Frau mit einem Mädchen, vielleicht fünf Jahre alt. Die Frau entschuldigte sich, sagte, sie hätte den Platz über seinem zugewiesen bekommen, ob sie tauschen könnten, mit Kind sei es einfacher für sie und hochklettern könne sie auch nicht so gut. Alexander nickte, kletterte hoch, legte sich auf das Bett und starrte die Waggondecke an.

Ein Meer aus Geräuschen, die Stimme des Mädchens, der Frau, jemand hörte laut Radio, jemand anderes beschwerte sich darüber, die Schaffnerin, die vermittelte, Räder ratterten, Zugsignale ... Alexander dämmerte weg, doch schlafen konnte er nicht. Er starrte wieder an die Decke, bis es ihm zu viel wurde und er aufstehen wollte.

Ob nicht genau dieses Gefühl Lew auf seinen Wegen von einer Gefangenschaft in die andere begleitet hatte, das Gefühl, nichts ändern, nichts kontrollieren zu können, sich dem Fluss ergeben zu müssen? Albern, dachte Alexander. Albern, dieser Vergleich. Lew war nicht in einem Bett gereist. Lew hatte Hunger, Durst, Angst.

Alexander richtete sich auf, nahm sein Handy, speicherte die Nummer von Marina, dann kletterte er runter, ging zur Toilette, wo er sich wusch und die Zähne putzte. Im Restaurant bestellte er Tee und setzte sich mit seinen Unterlagen an einen Tisch. Er war allein, die Kellner zogen sich zurück, aus der Küche war Gemurmel zu hören.

Mehr als 20 Stunden Aufnahmen. Kopien aus dem Museum, die er noch nicht durchgesehen hatte und ein Büchlein über die Anfänge der Stadt Petschora als Lager, ebenfalls aus dem Museum, auch noch nicht durchgesehen. Und die Briefe. Eine ganze Welt voller offener Fragen.

Er tippte eine SMS: »Marina, hier ist Alexander List, der deutsche Historiker, der Ihren Großvater begleitet hat. Der Zug kommt morgen um zehn in Moskau an. Ich brauche eine halbe Stunde bis zur Wohnung. Es wäre gut, wenn wir uns dort sehen. Es gibt Briefe Ihrer Großeltern, über die möchte ich mit Ihnen reden. Nachmittags muss ich zum Flughafen, reise morgen Abend ab.«

Wenig später kam die Antwort: »Von Briefen weiß ich nichts. Kommen Sie, ich werde Sie dort treffen, Marina.«

Von Briefen weiß sie nichts …

Viele, vielleicht die meisten Gulag-Überlebenden hatten ihren Kindern und Enkelkindern nichts von ihrer Gefangenschaft erzählt oder nur die reinen Fakten, wann und wie lange sie im Lager waren. Erst Ende der 1980er Jahre, als viele schon gestorben waren und Zeitungen anfingen, die Geschichte der Sowjetunion so zu erzählen, wie sie war und nicht wie sie hätte sein sollen, änderte sich das. Doch als sie schließlich zu sprechen begannen, in der Zeit des Umbruchs, als das alte System zerbrach und noch kein neues entstanden war, da hörten ihnen die meisten nicht zu. Wenn die Alten überhaupt erzählten.

Alexander hatte Alexej Gusew, den Magadan-Häftling, einmal gefragt, ob er nicht denke, dass seine Kinder im Westen bessere Jobs und ein besseres Leben finden könnten. Da war er ruhig geworden und hatte mit einer leisen, melancholischen Stimme geantwortet, er hoffe sehr, dass sie ein besseres Leben haben würden als er. »Aber ich hätte ihnen so gerne vieles erzählt. Warum glaubt eigentlich jede Generation, dass sie ohne die Erfahrungen der Alten auskommt?«

Was hat Lew seiner Enkelin erzählt? Was weiß sie über ihre Großeltern, über deren Beziehung? Die Antworten waren in Lews Wohnung, in den Briefen.

Er suchte in den Unterlagen nach einem Brief, den er bisher noch nicht gelesen hatte. September 1950, Swetlana an Lew:

Ljowa,

wie immer wird es Ende September schlagartig kalt in Moskau, als würde sich die Natur nach unserem menschlichen Kalender richten. Es wird September, alle Kinder rennen in die Schule, die Sonne verschwindet, es regnet. Morgens ziehen kleine Nebelschwaden über den Patriarchenteich, manchmal gehe ich dahin, wenn es mir schwer ums Herz ist. Am Tage, im Institut, reiße ich mich zusammen, ich nehme jede Arbeit an, das lenkt ab. Bitte denk nicht, dass ich Dich vergessen will, ich versuche nur meine Kräfte einzuteilen. Abends, wenn ich in meinem Zimmer bin, dann lenkt mich nichts mehr ab, dann fließen die Tränen und mein Körper zittert. Aber dann denke ich, dass wir schon so viel durchgestanden haben, dass es nicht mehr lange dauert, bis Du freikommst.

Im Haus gibt es kaum noch Nachbarn, die Du kennst. Die einen hat der Krieg geholt, die anderen sind verschwunden. Gott weiß wohin. Aber eigentlich wissen wir das ja auch. Wenn nachts Autogeräusche in mein Zimmer dringen, dann hoffe ich, dass der Wagen nicht am Haus hält, dass er vorbeifährt. Aber er hat schon einige Male unter meinem Fenster gehalten. Der Motor brummt, Autotüren gehen auf, Schritte im Treppenhaus, mein Herz rast und ich fühle mich schrecklich, weil wir alle wissen, was das bedeutet, und weil wir wissen, dass, wenn wir die Tür öffnen ... Ach, Ljowa, wann endet das alles?

Du hast geschrieben, dass meine Briefe Dir Kraft geben. Mir geht es genauso. Ich kann Dein Leid nicht ermessen, aber ich fühle mich ohne Dich auch nicht frei, als wäre mein Leben seit neun Jahren, seitdem Du weg bist, eingefroren. Erst als ich Dich wiedergesehen habe, begann ich aufzutauen. Und zu wissen, dass Du da bist, dass Du lebst, das macht vieles erträglicher. Der Krieg ist vielleicht vorbei, aber Sicherheit und Frieden haben wir immer noch nicht, nicht solange er lebt ...

Sweta

Der Brief war in einem gewöhnlichen Umschlag an Israelitsch adressiert gewesen. Alexander las ihn noch einmal, er schaute noch einmal auf das Datum und erinnerte sich an Lews Worte. Er hätte sehr viel Glück gehabt im Leben. Ja, anders ist es nicht erklärbar, dass dieser Brief weder ihn noch Swetlana in Schwierigkeiten gebracht hat. »... nicht solange er lebt ...«, Swetlana hatte Stalin gemeint. Wenn dieser Brief in die Hände der Lagerleitung oder irgendwelcher Sicherheitsorgane gelangt wäre. Die Säuberungen hatten mit dem Krieg nicht aufgehört, sie hatten nach dem Krieg sogar wieder zugenommen. Und dann schrieb Swetlana so etwas, gefährdete sich, ihre Familie und Lew. War das Mut? Leichtsinn? Verzweiflung?

Kurz nach zwei am Nachmittag hielt der Zug, Alexander sprang raus und wurde von der Schaffnerin gleich wieder zum Einsteigen gedrängt, der Zug stehe nur eine Minute, sagte sie. Die Luft roch nach Wald und frischem Schnee und nach Kohlerauch. »Los, los«, drängte ihn die Schaffnerin, »wir warten nicht, wir haben einen Zeitplan.«

Noch zwanzig Stunden bis Moskau. Alexander konnte sich ablenken, lesen, Aufnahmen anhören, mit anderen Reisenden sprechen, der sich wandelnden Landschaft folgen. Lew war dieselbe Strecke gefahren, ohne Bücher, umgeben von anderen Verängstigten und Verzweifelten, wochenlang, monatelang im Halbdunkel eines Güterwaggons, heiß und stickig im Süden und dann immer kälter, je näher er seinem Bestimmungsort im Norden kam.

Auf seinem Bett liegend schaltete er wieder das Diktiergerät an. Er lauschte Lews Stimme:

»Swetlana war eine außergewöhnliche Frau. Wir haben uns fast 70 Jahre gekannt. Sie fehlt mir sehr, meine Sweta. Aber ich bin auch glücklich. 70 Jahre! Das erscheint mir manchmal wie ein Geschenk, das mir immer und immer wieder gegeben wurde. Wer hätte gedacht, dass alles so kommt?«

Alexander erinnerte sich, wie Lew das Bild seiner Frau in den Händen gehalten hatte.

»Bei einem unserer ersten Treffen blamierte ich mich so sehr, dass ich fürchtete, Swetlana würde nichts mehr von mir wissen wollen. Wir gehen an der Moskwa spazieren, die letzten warmen Tage, die Sonne steht tief. Sweta trägt einen Hut, so einen mit einem schmalen Rand, das war damals modern. Und dann ein Windstoß und der Hut fliegt ins Wasser. Ich springe hinterher, reagiere schnell, ohne nachzudenken, auch nicht darüber, dass ich nicht schwimmen kann und keine Ahnung habe, wie tief es da ist. Tief ist es zwar tatsächlich nicht, aber zu tief für mich. Ich sinke, stoße mich am Grund ab, komme hoch, sinke wieder. Und dann spüre ich, wie fremde Arme mich von hinten packen, auf den Rücken drehen und zum Ufer ziehen. Ein junger Mann rettete mich. Dann sitze ich da, schäme mich so sehr, dass ich ihm noch nicht einmal danken kann. Er winkt ab, holt sogar Swetas Hut raus und geht davon. Können Sie sich das vorstellen? Unser Abend endete schnell. Ich brachte

Sweta nach Hause, bat um Entschuldigung und ging in meiner nassen Kleidung weg. Wie ein Köter versuchte ich, auf den Straßen nicht aufzufallen. Was habe ich mich geschämt! Ich dachte, das war's, das habe ich vermasselt, was bin ich nur für ein Idiot. Wenn ich das so erzähle, denke ich, dass es an einem Wochenende war. Wir haben uns danach ein oder zwei Tage nicht gesehen, dann gingen die Vorlesungen weiter. Ich saß schon im Hörsaal, als Swetlana kam. Sie stieg die Holzstufen hoch, setzte sich wortlos neben mich und lächelte. So war sie.«

Alexander wunderte sich über die Ruhe, mit der der alte Mann das alles erzählt hatte.

Sekunde um Sekunde, Minute um Minute, Stunde um Stunde rollte der Zug gen Moskau. Alexander döste, las, hörte die Aufnahmen ab, hörte der Frau zu, die dem Mädchen aus einem Kinderbuch vorlas. Nach den letzten Tagen fühlte er sich leer, ausgelaugt, müde, aber auch ruhelos, gehetzt, als wäre er kurz vor seinem Ziel gestolpert und gestürzt und diese scheinbar nicht enden wollende Reise hinderte ihn daran aufzustehen.

Er nahm sein Handy und tippte: »Marina, es geht um die Briefe Ihrer Großeltern aus der Zeit der Gulag-Gefangenschaft Ihres Großvaters.«

Ihre Antwort: »Ich habe mit meinem Vater telefoniert, er weiß von den Briefen, und er weiß, dass Opa sie Ihnen geben wollte. Ich komme gegen Mittag.«

Nach dem Essen im Restaurant kaufte er bei der Schaffnerin Tee und eine Packung Kekse und gab die Kekse dem Mädchen. Sie sah zu der Frau auf. »Na, was sagt man?«, dann dankte sie und öffnete die Packung.

»Nur noch ein paar Stunden, dann sind wir in Moskau«, begann die Frau das Gespräch, »Sie sind schon lange unterwegs, nicht wahr?«

»Seit Petschora«, sagte Alexander und fragte: »Leben Sie in Moskau?«

»Katjenka lebt dort«, antwortete die Frau und sah das Kind an. »Ich bin aus Solwytscheg, ich passe auf sie auf, wenn ihr Vater auf Dienstreise muss. Ich bin ihre Tante.«

Das Mädchen aß Kekse und malte.

»Wir kennen uns schon gut aus hier im Zug, nicht wahr Katjuscha?«

Alexander trank seinen Tee aus und kletterte wieder auf sein Bett. Es war noch früh am Abend. Er nahm Lews Notizbuch, blätterte vor zum Punkt 13: Ende der Haft, Amnestie, Rehabilitation.

»Im letzten Jahr meiner Gefangenschaft dauerten die Tage länger und die Nächte quälten stärker. In meinen Träumen kamen die Entlassungspapiere nicht, oder es kam kein Zug, oder ich fand Swetlanas Haus in Moskau nicht. Ich war mit solchen Träumen nicht allein, andere berichteten Ähnliches. Ende Juni rief mich der Lagerleiter zu sich, zusammen mit Nikolaj Lilejew. Es war an einem normalen Arbeitstag, sehr ungewöhnlich. Auf dem Weg zu ihm fragte ich Nikolaj, ob wir uns Sorgen machen müssten. Nein, sagte er, das würden die sich nicht mehr trauen. Vor Stalins Tod nämlich war es vorgekommen, dass die Gefangenen am Ende ihrer Haftzeit neue Strafen bekamen. Für kleine Vergehen oder weil der Lagerleiter noch eine Rechnung mit ihnen offen hatte. Oder weil sonst Arbeitskräfte gefehlt hätten. Es war Willkür. Viele brachen dann zusammen. Nach Stalin kam das nicht mehr vor, es kehrte doch so etwas wie Ordnung ein.

Einige Wochen zuvor hatte ich angeben müssen, wohin ich nach der Freilassung gehe. Das durfte jeder Gefangene selbst wählen, aber bestimmten Städten durften wir uns auf 101 Kilometer nicht nähern, allen Hauptstädten der sowjetischen Republiken, den Hafenstädten und einigen Grenzorten. Ein Heizer aus dem Kraftwerk hatte mir empfohlen, in ein Dorf bei Twer zu gehen, zu seinen Eltern. Und über seinen Bruder, der eine Möbelfabrik leitete, würde ich Arbeit finden. Twer hieß damals Kalinin, also gab ich an, dass ich nach Kalinin gehen will, 180 Kilometer nordwestlich von Moskau.

Der Lagerleiter händigte uns unsere Dokumente aus, in denen die Zielorte angegeben waren, und dazu vorläufige Ausweise. Nach drei Tagen standen Nikolaj und ich am Bahnhof. Der Platz hatte sich stark verändert, seit ich vor neun Jahren angekommen war. Seine alte Bestimmung war nur noch zu erahnen. Damals hatten uns dort unzählige bewaffnete Wachmänner empfangen, die uns anschrien, und ihre Hunde, die uns anbellten. Jetzt sahen wir nur wenige Milizionäre und viele Zivilisten. Nach Stalins Tod bekamen wir sogar einen kleinen Lohn für unsere Arbeit, von diesem Geld kauften wir Essen, Zeitungen und endlich ein neues Buch. Bis Mikun fuhren wir zusammen. Und schon im Zug merkten wir, dass uns draußen kein einfaches Leben erwartet. Wir hatten in einem kleinen Lager gesessen und jetzt fuhren wir durch ein großes. Die Schaffner sahen uns noch nicht einmal an, wenn sie unsere Dokumente kontrollierten. Die anderen Reisenden dagegen beobachteten uns ununterbrochen. Ihre Blicke machten uns deutlich, dass wir für sie keine Menschen waren.

Wir schwiegen, sahen aus dem Fenster und konnten nicht glauben, dass die Haft vorbei war. In Mikun tauschten wir Adressen von Freunden aus, über die wir uns schreiben wollten, sobald sich alles beruhigt hatte. Dann trennten wir uns. Und wenn ich jetzt meine Erinnerungen notiere, freue ich mich, weil Nikolaj und seine

Frau Olga uns bald wieder besuchen. Auch diese Freundschaft hält länger als so manche, die ich in der Freiheit schloss.

In Kalinin erkundigte ich mich, wie ich nach Kusminskoje komme, dem Dorf, aus dem der Heizer stammte. Es blieb mir nur, zu Fuß zu gehen, zwanzig Kilometer. Kaum war ich aus der Stadt raus, fühlte ich mich in meine Kindheit zurückversetzt. Die Straßen waren aus Sand, Stromleitungen gab es keine, und als ich nach einem halben Tag in Kusminskoje ankam, wollte ich nicht glauben, was ich sah. Es war kein Dorf, es war ein Dörfchen, eine Handvoll Häuser, kein fließendes Wasser, die Kinder barfuß, ihre Kleider dreckig. Der Ort war heruntergekommen, das Vieh mager, die Felder unbestellt, eine arme Gegend, wie vor der Revolution. Ich möchte über die Menschen da nicht urteilen, wer weiß, was sie im Krieg durchmachen mussten.

Ich suchte das Elternhaus des Heizers, und staunte, dass sie so gar nicht erfreut waren, von ihm zu hören. Es stellte sich raus, dass unser Heizer ein Mörder und sein Bruder kein Fabrikdirektor, sondern ein einfacher Arbeiter in einer Tischlerei war. Dort bleiben konnte ich nicht.

Ich übernachtete in der Scheune und brach beim ersten Tageslicht auf – zurück nach Kalinin. Ich mied jeden Milizionär, hatte nur noch zwei Tage Zeit, um mich zu registrieren. Aber weil ich keine Wohnadresse hatte, ging das nicht. Meine Tante und Swetlana wussten nicht, dass ich schon draußen war, zugleich waren sie die einzigen, die ich um Hilfe bitten konnte. Dafür musste ich nach Moskau, illegal. Ich kaufte mir Fahrkarten für Nahverkehrszüge, für die ich keinen Pass vorzeigen musste, immer von einem Ort zum nächsten in Richtung Moskau. Am späten Abend kam ich in Moskau an und schlich zu unserer Wohnung.

Das Gesicht meiner Tante werde ich nie vergessen. Freude und

Trauer und Schmerz, alles sah ich in ihren Augen. Sie umarmte mich und ließ mich lange nicht los. Sie drückte mich, küsste mein Gesicht und flüsterte immerzu meinen Namen. Nachdem ich ihr meine Lage erklärt hatte, ging sie zu Swetlana und kam wenig später mit der ganzen Familie zurück. Swetlana und ihre Mutter hielten meine Hände. Swetlanas Vater, Alexander Aleksejewitsch, humpelte leicht, sein linker Arm hing schlaff runter, aber im Kopf war er ganz da, ganz wach. Er löste mein Problem. In Kalinin lebte ein ehemaliger Kollege, bei ihm würde ich unterkommen. Er diktierte Swetlana einen Brief mit seiner Bitte, mich als Mitbewohner zu registrieren. Er verbürgte sich für mich. Ich wollte mir in Kalinin Arbeit suchen und in Ruhe nachdenken, wie es weitergehen konnte. Swetlana versprach, im Juli nachzukommen, sobald sie Urlaub bekam.

In Kalinin nahm mich der Kollege von Alexander Aleksejewitsch zwar auf, aber Arbeit fand ich keine. In meinem Pass war vermerkt, dass er auf der Grundlage des ›Artikels 39‹ ausgestellt wurde, also für eine ›Person, die aus Strafanstalten entlassen worden ist‹, in anderen Worten: Dieses Dokument gehört einem Verbrecher. Kein Betrieb wollte einen Verbrecher. Nach einem Jahr war ich so verzweifelt, dass ich beschloss, nach Moskau zu fahren. Es war illegal, gefährlich, aber was hatte ich zu verlieren?

Es war 1955 und zu unser aller Überraschung kam eine große Amnestie. Zu verdanken haben wir das Konrad Adenauer. Der deutsche Bundeskanzler war im September in Moskau, er erreichte die Freilassung von deutschen Kriegsgefangenen und löste damit etwas aus, was er bestimmt nicht geahnt hatte. Mir leuchtete es zwar nicht ein, aber unsere Bürokraten hatten die deutschen Soldaten nach Artikel 58/1a verurteilt: ›Vaterlandsverrat … begangen von Bürgern der UdSSR zum Nachteil der militärischen Macht der UdSSR …‹, absurd. Doch war es nur eine weitere Absurdität in diesem an Absurditäten nicht armen Land. Und offenbar war es nur logisch, auch die nach Artikel 58/1b Verurteilten zu amnestieren, also uns: ›Vaterlandsverrat durch Militärangehörige‹. Noch im selben Herbst erhielt ich einen sauberen Pass ohne Einschränkungen, bald darauf wurde ich rehabilitiert. Die Abenteuer endeten. Und dann begann unser normales Leben.«

Alexander ließ das Buch sinken. »Abenteuer …«, er schloss die Augen und spürte eine Leichtigkeit, die er seit Beginn der Reise nicht gespürt hatte, die er überhaupt schon lange nicht mehr gespürt hatte.

In zwölf Stunden würde er in Moskau sein.

Alexander gewöhnte sich an die Fahrt, die Müdigkeit übermannte ihn endlich, er wachte nur an den Stationen mit längerem Aufenthalt auf, in Wologda und Danilow. Das orangene Licht der Bahnhofsbeleuchtung schimmerte durch den Vorhang, die Durchsagen am Gleis klangen gedämpft. Er schaute sich um, sah das Kind und die Frau unten schlafen, das Mädchen lag zusammengekauert an der Wand, die Frau wie ein Schutzwall vor ihr.

Lew war etwa 36 oder 37 Jahre alt, als er aus dem Lager kam, dachte Alexander. Für jene Zeit und für dieses Land war er schon alt. Und doch gründeten er und Swetlana eine Familie. Sie bekamen einen Sohn und eine Tochter. Über das Mädchen, Anastasija, hatte Lew wenig erzählt. Erst von Israelitsch hatte Alexander erfahren, dass Lew sich nicht nur von Swetlana hatte verabschieden müssen, sondern auch von seiner Tochter. Sie war an einem allergischen Schock gegen ein Medikament gestorben.

Warum hatte Lew ihm so wenig über seine Familie erzählt? Das »normale Leben« kam in seinen Erzählungen kaum vor. Und wenn, dann in Verbindung mit anderen ehemaligen Gefangenen.

Vielleicht lag es daran: Das Lager ließ seine Opfer nie los. Wer es geschafft hatte, eine Familie zu gründen, oder wie Katja Iwanowa sich schließlich doch noch der Kunst zu widmen, seinem Leben einen neuen Sinn zu geben, der durchlitt im Alter oft noch einmal den früheren Schmerz. Partner starben, Kinder zogen weg und in der Einsamkeit holten die Erinnerungen an die schwere Vergangenheit die *Lagerniki* wieder ein. Alexander dachte an Israelitsch, der nur noch eine Aufgabe vor sich sah – die Asche seiner Freunde zu begraben.

In Jaroslawl stand er auf, zog sich an, ging auf die Toilette und setzte sich anschließend auf das frei gewordene Bett gegenüber der Frau mit dem Mädchen. Die Kleine schlief. Ihre Tante trank Tee.

»So hin- und herzureisen, das muss anstrengend für Sie sein.«

»Nein, nein, was denken Sie. Ich bin es gewohnt«, erzählte die Frau. »Ich sorge mich um Katja, so ein kleines Kind und ständig mal hier, mal da.«

»Was ist mit ihrer Mutter?«

»Das ist eine tragische Geschichte«, sagte die Frau und schaute nach dem Mädchen. Es schlief, die Frau sprach trotzdem leiser.

»Sie ist verschwunden. Katja war erst drei Jahre alt. Ein normaler Tag, die Mutter sollte sie aus dem Kindergarten abholen, aber sie kam nicht. Wir wissen bis heute nicht, was geschehen ist. Die Ehe war gut, sie hatten gerade Urlaub in der Türkei gebucht. Wir haben sogar Polizisten privat engagiert, die Verschwundene suchen, aber auch sie fanden keine Spur. Sie ist weder ausgereist, noch umgezogen. Wir hoffen natürlich noch auf ein Wunder, aber wenn Sie mich fragen ...« Sie schaute wieder zum Kind und verstummte.

»Wir wissen nicht, wie wir das Katja beibringen sollen. Sie glaubt, die Mama ist verreist.«

Alexander erinnerte sich an Lews Worte: »Die Verschwundenen quälen die Verbliebenen länger als die Toten.«

Dank Lews und Swetlanas Briefen begann er jetzt zu ahnen, welche Schmerzen auch die erlitten hatten, die nicht gefangen genommen wurden, sondern denen jemand weggenommen wurde. Die Mütter, Väter, Ehefrauen, Ehemänner, Schwestern, Brüder, Freunde und Kollegen. Und er erinnerte sich an Israelitschs Worte: »Eigentlich müssten Sie jene Analphabeten fragen ... Ihre Stimmen sind verstummt.« Und die, die Angehörige an das System verloren haben, blieben ebenfalls stumm.

Alexander notierte seine Gedanken. Die Frau schwieg, ihre Nichte schlief ruhig, an sie geschmiegt.

Dann erwachte Katja, sie drückte sich an ihre Tante und setzte sich auf.

»Nur noch ein bisschen«, sagte die Frau, »ich bringe dir Tee.« Sie ging zur Zugbegleiterin und holte heißes Wasser. Das Mädchen sah ihn an, direkt und ohne Schüchternheit, wie es nur Kinder tun.

Wann hat Lews Tante ihm erzählt, dass seine Mutter getötet worden war? Er hatte kaum über seine Eltern gesprochen. Im blauen Notizbuch waren ihre Geburtsdaten und Biografien stichwortartig aufgeschrieben, Informationen, die Lew von anderen bekommen haben muss.

Das Mädchen trank Tee und aß Kekse. Die Passagiere begangen, ihre Sachen zu packen und die Bettwäsche abzuziehen. Die Zugbegleiterin sammelte alles ein, steckte es in große Baumwollsäcke. Der Zug fuhr langsamer, die Häuser rechts und links hinter den Fenstern wurden höher, und bald fuhr der Zug durch Vororte von Moskau. Der Waggon schaukelte bei jedem Spurwechsel. Durch ein Gewirr von Gleisen näherte sich der Zug dem Ziel.

Die Sonne schien. Als sich die Türen der Waggons öffneten, drang frische Winterkälte ein. Raureif schimmerte auf der Überdachung der Gleise, das Eis auf Pfützen glänzte. Alexander half der Frau und dem Mädchen beim Aussteigen, verabschiedete sich und ging zur Station Komsomolskaja.

Auf dem Metroplan sah er, dass er bis zum Prospekt Wernadskogo durchfahren konnte. Er tastete nach dem Schlüssel zu Lews Wohnung in seiner Hosentasche.

Im Metrozug blieb Alexander stehen. Sein Körper war vom Sitzen und Liegen steif, das Kreuz schmerzte. Der Zug beschleunigte, bremste, schaukelte und lockerte so seinen Körper. Nach wenigen

Minuten hielt der Zug in Tschistyje prudy und bald darauf an der Station Ljubjanka.

Hier konnte Alexander nie vorbeifahren, ohne an all die Gerüchte zu denken, die diesen Ort umgeben. Geheime Bahngleise und unterirdische Tunnel sollen das Metronetz mit den Verliesen des Geheimdienstes verbinden, der hier seine Zentrale hat. Würde dieser jemals seine Archive öffnen? Anfang der 1990er Jahre waren einige Unterlagen an die Öffentlichkeit gelangt, Erschießungslisten mit der Unterschrift von Stalin – roter Stift –, Namen von Mitarbeitern des Gulag-Systems, Dokumente über die Organisation der Männer-, Frauen- und Kinder-Lager. Aber das ganze Ausmaß der Unterdrückung, die Gesamtzahl der Häftlinge des Gulags von der Revolution bis zu seiner offiziellen Auflösung 1956 – das alles ist bis heute kaum seriös zu schätzen. 15 Millionen, die Zahl, die immer wieder genannt wird, ist eher zu klein als zu groß, dachte Alexander. Nicht mitgeschätzt sind die Millionen Erschossenen. Und dann ihre Angehörigen. Gab es in diesem Land eine Familie ohne Opfer?

Der Zug hielt an der Sportiwnaja, einer verglasten Station über der Moskwa mit Blick auf den Fluss und den Park unterhalb der Universität. Dann die Station Universität, auch am Bau der besten und berühmtesten Hochschule des Landes hatten Häftlinge mitgewirkt.

»Prospekt Wernadskogo«, schallte es endlich aus dem Lautsprecher. Die Sonne stand hoch, die kalte Luft erfrischte ihn. Vor dem Haus wartete er einige Minuten, bis jemand herauskam, dann ging er hinein. Er fuhr mit dem Fahrstuhl zu Lews Wohnung, steckte den Schlüssel ins Schloss und hörte ein Bellen. Er trat erschrocken zurück.

Er fing sich, klingelte. Jemand schloss von innen die Tür auf, eine junge Frau stand vor ihm, hinter ihr der blinde Primus.

»Marina?«

»Sie sind Alexander?« Sie blickte auf den Schlüssel in seiner Hand. »Kommen Sie rein.«

Primus schnüffelte, knurrte, Marina streichelte ihn, sprach mit ihm.

Alexander zog seine Jacke und die Schuhe aus und folgte Marina ins Wohnzimmer. Auf dem Tisch lagen Dutzende Briefe. Alte Umschläge, altes Papier.

Alexander wusste nicht, wie er das Gespräch beginnen sollte. Es war das erste Mal, dass er mit der Enkelin eines Gulag-Opfers sprechen würde. Erst jetzt fiel ihm auf, dass bei keinem seiner Gespräche die Kinder oder Enkelkinder der Befragten anwesend waren. Sie waren manchmal bei der Begrüßung dabei, aber als die Alten zu erzählen begannen, gingen sie aus dem Zimmer. Manche Überlebenden flüsterten, so als sollte das, was sie durchgemacht haben, niemand hören.

»Marina, es tut mir leid, dass Ihr Großvater gestorben ist, dass alles so gekommen ist. Er hat weder Sie noch Ihren Vater erwähnt. Ich weiß nicht, ob ich dann vorher vielleicht mit Ihrem Vater gesprochen hätte ...«

Sie sagte nichts, bot ihm einen Stuhl an, sie setzten sich an den Tisch.

»Wie alt sind Sie?«, fragte Alexander.

»16«, antwortete Marina, »ich habe mit meinen Eltern bis 1993 in Tallinn gelebt, dann sind wir hierhergezogen. Meine Großeltern habe ich danach erst richtig kennengelernt. Und anfangs haben wir in Moskau zu weit weg von ihnen gewohnt, wir sind vor drei Jahren in die Nähe gezogen, seitdem sehe ich sie öfter ... habe ich sie öfter gesehen.«

Marina blickte zu Primus. Der alte Hund, der noch schlechter zu laufen schien als vor einigen Tagen, hatte sich zu Alexanders Füßen gelegt, seine Nase zuckte, er hob den Kopf und seine Schnauze kreiste in der Luft.

»Vor zwei Jahren sollten wir im Geschichtsunterricht einen Aufsatz über das Leben unserer Großeltern schreiben. Wir sollten sie über die Zeit vor dem Krieg befragen. Ich habe mich dafür nicht interessiert, aber es waren Hausaufgaben, also habe ich sie gefragt. Zwei Wochen lang saßen wir jeden Abend zusammen, anschließend musste ich alles sauber abschreiben, und meine Lehrerin rief mich danach zu sich. Sie fragte, ob ich mir die Geschichte von Oma und Opa ausgedacht hätte. Und als ich verneinte, begann sie zu weinen. Ihre beiden Großväter sind in den Lagern umgekommen. Sie erzählte mir von Memorial, und dass das Projekt eine Idee dieser Organisation ist. Sie fragte, ob sie denen meine Arbeit geben dürfe, und nach wenigen Tagen meldete sich Aljona Gustowa bei uns.«

Marina schwieg einige Sekunden.

»Ich wusste nichts von diesen Briefen. Sie haben erzählt, dass sie sich geschrieben haben, dass ihnen Leute dabei halfen, die Briefe zu transportieren, das schon. Aber dass alle Briefe noch da sind, das haben sie mir nicht erzählt. Nachdem Sie mir die SMS geschrieben haben, bin ich hergefahren und habe die Briefe gesucht. Sie waren alle in diesem Koffer unter dem Bett meiner Großeltern. In der Küche war auch ein Brief an Sie, entschuldigen Sie, ich habe ihn geöffnet, da war dieser Zettel drin.«

Sie schob Alexander ein Blatt zu. Er las seinen Namen darauf sowie die Bitte, die Briefe nach seiner Arbeit wieder der Familie zu übergeben.

»Ist es für Sie in Ordnung, wenn ich die Briefe mitnehme?«

»Ich habe jetzt einige gelesen und will natürlich auch die anderen lesen. Aber es ist Großvaters Wille, also nehmen Sie sie mit.«

Alexander wollte danken, rang mit den Worten, sie winkte ab.

Es war Mittag, spätestens um drei müsste er zum Flughafen los. Er fragte, ob Marinas Vater schon in der Stadt sei – nein – und bat um seine Telefonnummer.

Dann rief Alexander Israelitsch an, während Marina Tee machte. Er erzählte ihm, dass Lews Plan aufgegangen war, dass die Enkelin die Briefe gefunden hatte, und er sie mitnehmen werde. Er versprach, sich aus Deutschland zu melden.

»Es ist gut«, sagte Israelitsch, »melden Sie sich, wenn Sie wollen, aber ich erwarte es nicht. Wir haben unsere Aufgabe erfüllt und Lew geholfen, so sein Leben abzuschließen, wie er es wollte. Leben Sie Ihr Leben, Alexander, verlieren Sie sich nicht in unserer Vergangenheit.« Er legte auf.

Alexander berichtete Marina von Israelitsch, versprach, ihr Bilder von der Reise zu schicken und sagte dann: »Nein, ich bringe sie Ihnen, zusammen mit den Briefen.«

Marina war in der neunten Klasse. »Mein Vater will, dass ich Medizin studiere, aber ich bin mir unsicher. Ich will vielleicht das machen, was Sie machen, Interviews mit Überlebenden führen. Ich will Aljona von Memorial fragen, ob ich mitarbeiten kann. Geld verdiene ich damit nicht, aber noch können wir die Geschichten aufschreiben, noch leben ja die Zeugen.«

»Haben andere Schüler bei diesem Geschichtsprojekt mitgemacht?«

»Ja, die ganze Klasse. Aber in ein paar Familien hat es deswegen Streit gegeben. Eigentlich gab es niemanden, der nicht irgendwelche schrecklichen Geschichten berichtet hat. Es gab auch Berichte von Lagerarbeitern, von NKWD-Ermittlern. Manche Familien kennen beide Seiten. Ich stelle mir das sehr schwierig vor, wenn ich wüsste, dass mein Opa ein Geheimdienstmitarbeiter war oder Lagerwachmann.«

Alexander dachte an Israelitschs und Lews Worte, an die Geschichte über den Arbeiter, in dessen Zimmer er sich mit Swetlana getroffen hatte, an die, die ihnen geholfen, sie »human« behandelt hatten, wie Lew es ausdrückte.

»Nicht jeder Lagerarbeiter war ein schlechter Mensch.«

»Aber sie waren doch Teil dieses ganzen Systems, oder nicht?«, sagte Marina.

»Ja und nein. Verbannte hatten manchmal keine andere Arbeit. Ich würde nicht jeden verurteilen«, sagte Alexander. Er erinnerte sich auch an Eduard Hladik, den Tschechen in Diensten der Nazis. »Ich glaube, es ist alles sehr kompliziert. Und das lange Schweigen über diese Zeit macht es noch komplizierter.«

»Deswegen will ich ja Interviews führen, ich will mehr verstehen.«

Alexander dankte ihr, bat sie, ihren Vater zu grüßen, packte die Briefe in seinen Rucksack, steckte die Mappe mit den Kopien aus dem Museum dazu und das Notizbuch. Alles Wichtige hatte er nun im Handgepäck. Er schrieb für Marina seine E-Mail-Adresse und seine deutsche Handy-Nummer auf und verabschiedete sich.

Primus hob den Kopf, als sie aufstanden. Er schnüffelte, atmete schnaufend aus und ließ den Kopf wieder sinken.

»Vielleicht riecht er Lew«, sagte Alexander.

Marina blickte auf ihn runter. »Wenn er stirbt, dann ist alles Lebendige weg, was uns mit Oma und Opa verbindet.«

Du musst ihr die Tonaufnahmen geben, dachte Alexander. »Ich melde mich und bringe Ihnen die Dokumente zurück.«

»Machen Sie etwas damit«, sagte Marina zum Abschied, »mein Großvater wollte es so.«

Es schneite, als er auf die Straße trat. Er fuhr erst mit der Metro, dann mit einem Sammeltaxi zum Flughafen Scheremetjewo. Er hatte noch eineinhalb Stunden bis zum Abflug, checkte ein, gab seinen Koffer auf und setzte sich in ein Café. Er hatte nicht erwartet, solche Dokumente auf seiner Reise zu finden. Nun fühlte er sich überfordert.

Alexander holte das Büchlein über die Anfänge Petschoras aus seinem Rucksack. Einige schwarz-weiße Bilder zeigten Menschen in abgewetzter, verschlissener Kleidung, die wattierten Jacken mit Stricken um die Hüften zusammengebunden; wenigstens hatten sie Filzstiefel an. Überall Matsch und Baumstämme. Auf einem Farbfoto waren mehrstöckige Häuser zu sehen, Plattenbauten, im Vordergrund ein Wasserturm, an dem er mit dem Taxi mehrmals vorbeigefahren war. Unter dem Bild die Anmerkung: »Die Häuser stehen vermutlich auf dem ehemaligen Friedhof des Lagerkrankenhauses.«

Das Kapitel, zu dem das Bild gehörte, widmete sich den Toten des Lagers. Wo viele von ihnen begraben wurden, ist immer noch unbekannt. »Ältere Einwohner der Stadt berichten, dass, als die ersten Gefangenen mit den Booten über die Petschora ankamen und bereits unterwegs Menschen gestorben waren, ihre Kleidung verbrannt und die Toten in den Fluss geworfen wurden. Wir halten das für möglich, ähnliche Berichte gibt es über die Anfänge anderer Lagerpunkte. Offizielle Dokumente haben wir nicht gefunden.«

Im Flugzeug waren viele Sitze frei. Alexander schob vor dem Start seinen Rucksack unter den Sitz und stellte ihn auf den Platz neben sich, als sie in der Luft waren. Er trank Tee und sichtete die Museumspapiere. Einige Interviews waren mehrere Jahre alt, die Zeitzeugen lebten wahrscheinlich nicht mehr.

Es gab auch Kopien von Berichten der Lagermitarbeiter, auf einem Umschlag klebte am Rand ein Zettel: »Das betrifft Lew Mischenko, Unterlagen von Jegor Serow.«

Es waren Kopien von Briefen, alt, die Buchstaben ganz blass. Eine Handschrift erkannte Alexander sofort. Sie gehörte Lew.

Juni 1988

Guten Tag Jegor,

schon lange habe ich das Bedürfnis, Dir zu schreiben, aber es ist schwer für mich. Seit einigen Monaten veröffentlichen die Zeitungen bei uns in Moskau Berichte über Stalin und die Lager. Schreckliche Berichte, die ich nicht lesen mag. Meine Kinder wollen mit mir darüber sprechen, aber ich will nicht. Ich habe alles aufgeschrieben und eines Tages werde ich ihnen das Buch mit meinen Erinnerungen geben, aber noch bin ich nicht so weit. Nur mit meiner Frau Swetlana kann ich sprechen. Und weil die Erinnerungen jetzt wieder lebendig werden, muss ich auch an Dich denken, Jegor. Ich sprach mit meinem Freund Nikolaj Lilejew über Dich, er teilt meine Meinung. Du hast uns bewacht, ja, aber Du hast uns auch wie Menschen behandelt. Das war nicht selbstverständlich. Dafür danken wir Dir.

Ich hoffe, mein Brief erreicht Dich. Israelitsch, der, wie Du bestimmt weißt, in Petschora geblieben ist, erzählte, dass er Dich schon lange nicht mehr gesehen hat. Aber das ist hoffentlich kein schlechtes Zeichen.

Wären doch mehr Menschen wie Du gewesen ...

Lew Glebowitsch Mischenko.

Jegor – den Namen hat er schon einmal irgendwo gelesen, oder hatte ihn jemand genannt? Es war ein Wachmann aus dem Lager. Und diesem Wachmann hatte Lew zur Zeit der Perestroika geschrieben, als die Menschen keine Angst mehr haben mussten und überall in der Sowjetunion begannen, Fragen zu stellen, unangenehme Fragen.

Und je mehr Antworten gefunden, von den Überlebenden gegeben, ausgegraben wurden, desto brüchiger wurde das Fundament, auf dem der Staat stand.

»Das System war wie ein schlechter Mörtel. Es bringt nichts zu sagen, dass etwas funktioniert, wenn es nicht funktioniert. Mist ist Mist, auch wenn man ihn rot anmalt und mit ideologischen Bannern schmückt«, hatte der Ingenieur Gusew über jene Jahre gesagt. Niemand, mit dem Alexander gesprochen hatte, empfand die Zeit der Perestroika als leicht. Viele sprachen von der Freiheit, endlich auszusprechen, was sie lange verschweigen mussten. Aber das Aussprechen fiel ihnen schwer. Wie viele von ihnen haben wohl ihren Peinigern Briefe geschrieben?

Die zweite Kopie war noch blasser, einige Worte waren durchgestrichen, der Brief wirkte wie ein Entwurf:

September 1988,

Guten Tag werter Lew Glebowitsch,

wenn Sie nur wüssten, was Sie ausgelöst haben, wieviel Kraft es mich kostet, Ihnen zu schreiben. Hoffentlich verlässt sie mich nicht, und ich schicke diese Zeilen ab, denn ich schäme mich. Schäme mich. Schäme mich.

Zehn Jahre habe ich Sie bewacht. Dann war ich Jahrzehnte lang selbst Gefangener meiner Schuldgefühle. Es war doch nicht richtig, was wir gemacht haben! Es war doch nicht richtig!

Ich habe mich immer damit beruhigt, dass Sie und Ihr Freund Nikolaj meinem Jungen geholfen haben. Ich habe mir immer gesagt, dass Sie das nicht gemacht hätten, wenn ich ein schlechter Mensch gewesen wäre. Er ist ein toller Junge, er ist zur Marine gegangen und reist und genießt sein Leben.

Ich wollte aus der Stadt wegziehen, aber das kam mir feige vor. Also bin ich geblieben. Ich senkte den Blick, wenn ich ehemaligen Gefangenen begegnete, und die eine oder andere Beschimpfung ertrug ich schweigend. Was hätte ich tun sollen? Was mussten wir durchleben? Warum mussten wir in jenen Zeiten leben?

Lew Glebowitsch, Ihr Brief hat mich so bewegt, dass ich meine Gefühle nicht in Worte fassen kann. Aber zum ersten Mal in meinem Leben glaube ich zu ahnen, was das Wort Freiheit bedeutet. Ihr Brief hat meiner Seele Freiheit geschenkt. Sie haben mich aus meinem inneren Gefängnis befreit.

Ich verbeuge mich vor Ihnen, ich danke Ihnen.

Jegor Sergejewitsch Serow, Petschora

Nachwort

Dieser Roman folgt den Lebensspuren von Lew und Swetlana Mischtschenko. Im Winter 2004/2005 erzählten sie mir in Moskau aus ihrem bewegten Leben. Vieles, was in diesem Buch beschrieben ist, haben sie so erlebt, vieles ist frei erfunden. Aus diesem Grund ist der Nachname des Protagonisten leicht abgeändert.

Als dieser Roman entstand, war es für die Historikerinnen und Historiker in Russland bereits schwierig, sich kritisch mit der jüngeren Geschichte ihres Landes auseinanderzusetzen. Restriktive Gesetze erschwerten zunehmend den Zugang zu Archiven, in denen Dokumente der Stalin-Ära lagern.

Im heutigen Russland wären die Recherchen zum Thema Gulag kaum noch möglich. Die Menschenrechtsorganisation Memorial darf heute nicht mehr arbeiten. Die Akten mit den Erinnerungen der ehemaligen Gulag-Häftlinge sind wieder vor der Öffentlichkeit versteckt, zu den Akten der Täter gibt es erst recht keinen Zugang. Die dunklen Kapitel der sowjetischen Geschichte werden wieder verschwiegen. Dabei ist das heutige Russland ohne das Wissen über das Terrorregime nicht zu verstehen.

Dieses Buch will an die Menschen erinnern, die jene schrecklichen Jahre erlebt haben. Die Briefe, die Lew und seine Frau Swetlana sich während der Haftzeit geschrieben haben, existieren wirklich. In diesem Roman ist deren Inhalt frei erfunden. Die echten Briefe finden sich im Buch »Schick einen Gruß, zuweilen durch die Sterne. Eine Geschichte von Liebe und Überleben in Zeiten des Terrors« von Orlando Figes, erschienen 2012 im Hanser Verlag.

Ich möchte der Menschenrechtsorganisation Memorial Moskau dafür danken, dass sie mich mit der Familie Mischtschenko und auch anderen ehemaligen Gulag-Häftlingen zusammenbrachte. Danken möchte ich auch den Mitarbeiterinnen im Heimatmuseum der nordrussischen Stadt Petschora, die mir im Mai 2017 die Stadt zeigten und mich im kniehohen Schnee durch das ehemalige Lagergelände führten.

Ganz besonders danken möchte ich Lew Mischtschenkos Sohn, der in seiner Bescheidenheit nicht namentlich erwähnt werden wollte. Auf die Frage, ob er damit einverstanden sei, wenn im Buch das Bild seiner Eltern, seiner Schwester und des Hundes Primus abgebildet würde, sagte er: »Na, wenn Primus dabei ist, dann unbedingt.«

Von Anfang an hat die Lektorin Doris Engelke die Entstehung dieses Buches begleitet. Ihre Worte »Mach weiter« waren stets eine große Erleichterung, dass die abgelieferte Textpassage in Ordnung war, und eine große Motivation weiterzuschreiben. Ich danke Doris nicht nur für die vielen Hinweise und Fragen zum Text, sondern auch für die Gespräche, die weit über den Text hinausgingen.

Und ich möchte Kristine Listau und Jörg Sundermeier danken. Die Bücher aus ihrem Verlag bereiten mir schon sehr lange große Freude. Umso größer war meine Freude, als sie diesem Roman in ihrem Verlag ein Zuhause boten. Danke.